相聞唄 ♥ 私の人称変化

藤野昭雄

朝日出版社

1年前の8月、娘の葬儀が行なわれた。娘が三十二の時だった。でも娘桃子はまだ一緒にいる。彼女はここにいて、想い出の中にはいない。鎮魂などの文字は頭の中に欠片もない。逆に、これからも娘と共に生きなければならないの思いが、私に強くのしかかっている。

遠くにいかないでほしい。あんなにいつもふたり一緒だった娘と離ればなれは、私にとっても娘にとってもあり得ない。

葉ずえの露のように落ちて消えやすい、これがにんげんの時間だの思いを、こぼれないよう両手で大事に掬い合ってきた娘と私の距離は、これからも変わってはならない。許されるのなら私はずっとにんげんでいたい。

私と娘の間には一体どんな力が働いているのだろう。そのような力はきっとあるのではないだろうか。そうでないと、どんなものにも代えがたいこの父と娘の間に働く圧倒的な親和力は説明できない。

さらに、いま自分に課して問いたい。死で区切られてしまったあちら側の娘とこれからも一緒に生きてゆくには、こちら側の私はどのようにいればいいのかを。

そのため、今から振り返ると運命に限られてしまっていたのだろうか、あるいは特別に用意されていたのだろうか、こちら側で密な時間を一緒に過ごした最期の1年をもう一度娘と過ごし、二人の呼吸に触れ直してみたい。時に当たりそのつど記し残した複数の手帳を手掛かりに、二人の間で交わされたやり取りをそのまま、パピーの力を借りて、いま再生できる言葉で辿りながら。

なおこの時私は、誰にも遠慮せず誰にも邪魔されず、この人が一番厄介なのだが、自分にも遠慮せず邪魔されず、私の芯部でそれを待っている裸の声を、形を毀さずそのまま掬い上げたい。

また、持ち物不足の私にはその必要はないと思うが、誘われやすい軽妙美辞には足をすくわれないよう、世間に登録されているが私には未消化の言葉たちとは一歩離れて。

さらに、場面場面はスミ一色の言葉の糸で織り出すのではなく、自然《じねん》に滲み出る感情の絵の具で写し出したい。

無垢な笑顔で今も目の前で微笑んでいる桃子。

昔から私の日常に宿っている不思議「私とは何？」の靄が薄れ晴れ間が覗き、まだ姿を見せていないがきっと在る、コトバの事態を超えた何ものかが、「私と桃子は在る」に吸い込んでいてくれるといいのだが。

手帳 60

「ドイツ行きの日程決まったよ」

7月のある日、帰宅したパピーは玄関から居間に入ると、台所のママに向かってそう声を投げた。居間には桃子もいる。食卓にかがみこんで何か書いているようだ。パピーの声はもちろん桃子の耳にも入っている。私は行かないんだ、を桃子の背中に感じたパピーは、「桃ちゃんも一緒に行けるといいのにね」とそのあとを繋いだが、言わなければよかったのに。

「いつか3人で一緒に行きましょうね」とママ。

テーブルに向かい黙って桃子は作業をつづけている。桃子をこんな目に遭わせてしまった張本人はパピーだ。辛い。あのとき何で桃子をA社に無理やり入れてしまったのだ。

パピーは世間体をいつも気にする。その時もパピーに親の見栄というやつがどこかで働いていたに違いないのだ。「学校が終わりおかげ様で娘も無事就職しました」の、世間に向けた見栄がどこかにあったのだ。そして無謀にも、A社の社長に頼み込み、卒業間近に彼女を無理やりA社に押し込んでしまった。

なぜあの時桃子が、親には知らせずいつの間にか自分で決めていた、パピーはそこが気になった非常勤の、旅行添乗員の仕事をやらせてあげなかったのか。きっと友人仲間たちとは相談し合っていたのだろうし、親に頼らず自分で社会に乗り出そうとしていた道を、パピーはただ親だからという立場をかざし、乱暴無思慮にも通せん坊してしまったのだ。

そうだ間違いなくこのときパピーは、決して大袈裟ではないぞ、小さな幼い、だからこそきっとこれから膨らんでゆく蕾を、無残にも摘み取ってしまったのだ。彼女の前に敷かれていた、誰も知らない誰も予測できない、桃子が辿り描いてゆくはずの道を、畏れ知らずにも断ち切ってしまったのだ。あなたはひどいことをしたのだ。

パピーは悔やむ。あ－なんであんなことをしてしまったのだろう。今ごろ気づいても遅い。パピーの身体の隅々に沈殿した取り戻しに行けない時間への後悔が、ことあるごとに疼き、パピーをさいなむ。その傷みは今も消えることはない。

会社だけではないのだが、集団をつくり決められた目的を持つ組織の一員として、その歯車の中に取り込まれる環境は、生まれてこの方、皆からは遅れ気味だが自分のペースは疑わず、あるいは人と競うことなんてこれっぽっちも思わず、決して慌てることはしない桃子の、歯がゆいほどゆったりした日常感をもってしては、溶け込めにくく自分を置きがたい場所であったに違いないのだ。パピーにはそんなこと解っていたはずなのに。

学校を卒業して社会に出る。パピーよ、就職は本人にとって、この世に誕生した20数年前に匹敵する出来事だったのだぞ。何で桃子の中に入り込んで、パピーがいつもやっている、桃子の1人称と一緒になろうとしなかったのだ。これからは一人の大人として、多少はもまれながら生きていかなければならないのだと、桃子をどこかの誰かさんとしか見ていなかったのか。

そうだその結果なのだ。そう思わざるを得ない。やがて徐々に彼女の吸って吐く息があやしくなり、毎日の呼吸につまずきの兆しが顕れたのだ。あげく5年前の26歳のとき、桃子の頭部神経に戻すことの出来ない異常を植え込んでしまった。あーパピーはいなくなりたい。

時に触れ、お前の罪は購うことはできない、が噴き出す。この責め苦はパピーの思考を閉ざし、前にも後にも時間は消える。

何ができるか教えてください。心を裂いた罪責の罅《ひび》が救いを求め、パピーの強くつぶった目の奥で震えている。

パピーの家は、2階への階段を上がってすぐ左にパピーの部屋があり、桃子の部屋は右奥。登ってくると桃子は必ずパピーの部屋を覗いて「パピー」と声をかけ、それから自分の部屋へ行く。階段を登る足音が聞こえてくると、パピーもこの「パピー」

を待っている。

この年の８月は暑かった。２階でクーラーを備えてあるのはパピーの部屋だけ。そのため上がってくると桃子はまずここで一休みしてそれから自分の部屋へ移る。

ある日桃子は、よくやるのだが、パピーの部屋の真ん中に畳んで山になっている布団に上半身だけをもたれ掛け、クーラーの冷気を気持ちよく顔に受け寝入ってしまった。太ってお腹のボタンが留まらなくなったズボンを少し下げ、窮屈そうにくの字になって。家ならいいがまさに寝《い》ぎたなく身体を無防備に世間に晒している。

寝入って横顔をこちらに向けている桃子をじっと眼で捉え、パピーにいつもの妄想が始まる。パピーの１人称が桃子の１人称を包む。桃子の１人称は消えて無くなり、パピーの１人称だけが働き始める。桃子の身体にパピーの私が入り込み桃子になるのだ。パピーは桃子で眠る。

今ここに寝ている桃子は２歳・３歳の桃ちゃんそのまま。そうなのだ、パピーにとって桃子はずっと２歳・３歳。もう三十一なのに。

この歳になっても桃子がお出掛けするときは必ず、たとえパピーが家の中で何をやっていても、二人の間でお決まりのバイバイのセレモニーが行われる。そしてふたりの間では、まだそんなことやっているの思いはまったくなく、ごく自然に続いている。

そのセレモニーはこんな具合だ。桃子がドアをバタンと玄関を出る、するとパピーは門が正面に見える1階居間の大ガラス戸を開け、ときに2階の窓から顔を出し、その瞬間を待つ。玄関を出た桃子は、私はパピーの視線など背中に微塵も感じていないわよを装いながら歩く。10メートルほど歩を進め門まで来ると、そこでくるっと身体を回転させ振り返り、まさにその瞬間のために準備された笑顔を一気にパピーに投げ、腕で大きくバイバイしながら駅の方へ消えてゆく。


発作がときどき起こるためA社を辞めた桃子は、週2回、隣の久が原駅まで電車に乗り公文へアルバイトに行った。勤まっているのかどうか、教育助手の仕事だという。小さい子からは「先生、先生」と呼ばれ、まんざらでもなさそう。

ある日、蒲田へ向かうパピーと公文に行く桃子は、たまたま一緒に家を出て、千鳥町駅の、間に線路を挟んだ上りと下りのホームでそれぞれの電車を待っていた。

向かいホームのベンチに桃子が座っている。いま私はパピーに見られているんだを意識している桃子を、こちらホームからパピーが見ている。桃子は幼児のようにベンチから両足をぶらぶらさせ、でも眼はパピーへは向けず、強く感じているパピーの視線を額で受け止め、顔には抑えようとしても抑えられない自然と湧き出る笑みが浮かんでいる。線路を挟んでふたりだけの安心がホームとホームとの間の空気を填めている。

文でいうと、パピーが主文で桃子は副文か。あるいは桃子が主文でパピーが副文か。どっちがどっちなのだろう。どちらでも文は成り立っている。間に横たわる２本の線路が接続詞。どちらにしても二つの文はしっかり繋がれ、パピーと桃子のどちらが副文でも、パピーと桃子の主文がしっかり抱きかかえ、安定した複文の形をとっている。今ここでは世界は完成されている。

ああずっとこのままならいいのに。でもやがて踏切に鐘が鳴り始めた。そしてゴォーが近づいてくる。向かいホームに電車が到着、桃子は車両に隠れ見えなくなってしまった。すぐに車両は動き出し、ゴォーが次第に遠のいてゆく。複文は崩れパピーの単文だけがそこに残った。

可哀そうなパピー。残されたパピーは視線を当てもなく漂わせ、まなかいから宙に広げた夢の画布に最少の画材で想いを描き始めた。

桃子はクリオネ、流氷の海の混ざりけない海水だけに身を任せ浮遊している。桃子は白い鳥、まざりけない空気だけを羽に受け、澄んだ青空を飛びつづけている。混ざりけない海水だけしか、澄んだ空気だけしかそこにはない。海水と空気だけが世界のすべてだ。

だから、実は親のパピーもどちらかと言うとその手合いなのだが、桃子は、複数の先方からいっぺんに働きかけてくる問い掛けがあると、それらを整理して順番に応える作業は苦手で、即座には消化出来ない事態が残り、いつの間にか困ったどうしようの中に投げ込まれてしまう。多事な世間とはスムースに折り合いがつけられないまま、あるいは多事な世間など感じないまま、ずっと育ってきたのかも知れない。向き合っているのはいつも一つの正面。パピーもいつもそれだ。

知らない人だらけの外の表通りを、どのような恰好で歩いていいのか覚束なく、そういう場所や世間からは一歩離れて、というよりも私には縁のないことと、遠ざけて身を置いてきたようにパピーには思われる。

こんなこともパピーはよく桃子から質問された。新聞やテレビあるいは話しの中でどこかの大学が話題に出ると、「ねーパピー、その大学って頭いい？」と。

そういうこともあって桃子は、身近な環境の中だけで社会を作り自分と周りを繋げてきた。幼稚園からのお友達、学生時代の同級生、近所のピアノ仲間、そしてこれにはパピーも驚いたが、常連客となっている飲み屋のカウンター仲間たち。

それぞれの現場で桃子は、まるでパピーに対する、ママに対する、お兄ちゃんに対するような心持で、揺れと油断を許してくれる言葉で相手と接していた、決して、距離があるのを承知でやりとりする、生活するための常套語は身に着けずに。と言うより、桃子の言葉は何の飾りも着けずに、また相手に憶測させる含意も添えずに、そのままの気持ちを発話に含ませている、とパピーは観察している。

お金についてもそうだ。桃子にとって、世の中とお金は繋がりを持たず、お金はお財布の中にあるそのときの便利。

　こんなことがあった。ある晩パピーが2階の部屋から下へ降りようとすると桃子が自分の部屋からやって来て、

「お父さん、直ぐ上がってくる」と言う。

「麦茶飲むだけだから直ぐ戻るよ」とパピー。

　台所で麦茶を飲み階段下まで戻って上を見ると、桃子が階段上から顔をのぞかせ、手には財布を持っている。あっ、あの時の1万円だな、とパピーはすぐ分かった。

　いきさつはこうだ。その頃定期的にK病院へ行く桃子を、パピーは自分が通院する代々木の病院行きに時間を合わせ、よく代々木駅まで車で送っていったのだ。彼女はそこからJRで新宿に行き京王線に乗り換え調布まで行く。

　そのときもいつものように代々木駅まで送ると、降りる間際、

「パピー、1万円貸して」と言う。

「オッケーいいよ」とパピー。

　そうだあのときの1万円を返そうとしているんだな。でもいつもはお金をそのまま

ハイっと手渡すのに、今日はお財布を開いて、私これから取り出すところです、がパピーには見える。返さなければいけないの決意の中に、僅かな躊躇がパピーには感じられたのだ。

「桃ちゃんいいんだよ、あれはプレゼントなんだから」

「だめ、返す」

上がってきたパピーに桃子は1万円を無理やり渡した。すると部屋に戻った桃子がまたすぐ現れて「お父さん十円玉5枚ある？」と。「お父さんないよ」とパピー。

どうやらお財布の中を整理しているようだ。彼女のお財布の中身が気になる。そして桃子に言う。

「桃ちゃん、ないときはパパに言ってね」

「大丈夫、今日はお給料日だったの」

公文には週2回行く。1回4時間で時給800円なら1ヶ月で25000円ほどか。

「今日はお給料日だったの」は、おさな子が彼らの国語からではなく、大人社会の言葉を不自然に使っている、をパピーは感じた。

手帳 61

９月に入ったある日、Ｋ病院から帰ってきた桃ちゃんがママに伝えた話を、まだ会社にいたパピーはママからもらった電話で既に聞いていた。

だから、桃子の頭部の白い部分が大きくなっていることは知りつつ家に帰った。病院でのＭＲＩの結果、頭部の白い影がやや広がっているのが確認されたようだ。

玄関に入ると桃ちゃんがすぐ２階から降りてきて言う。

「聞いた？」

「ああ、聞いたよ」とパピー。

この「聞いた？」の一言は、前後の説明はなくても諒解済みで、二人の間でいつも同様に響いている共通の、いわば通奏音の波が運んでパピーに伝わってくる。このような思いの同調が、思考の回路を通らず生のまま皮膚からパピーに伝わってくるとき、パピーは悦びに包まれる。

だが同時に、桃子は自分の１人称をパピーの１人称の中に包んでもらいたいのだなの哀しみもパピーは感じとる。そしてこの哀しみを一緒出来るのも、パピーには嬉しい。

自分が負っている今の事態を、気持ちの中に溶け込ませて持ち、それをそのままパピーに流してくれている。だからパピーも、自分の中にあるもうひとつの1人称が感じる傷みを、内に採り込んで持っていたい。

言葉で委細を説明しなくても、二人は同じ思いの中にいる。それがお互いに判る。ましてや桃子の持っている言葉は多くない。でも僅かな言葉だからこそ大きく伝える力を持つ、とパピーは常づね思っている。

桃子が3～4歳のころ、何かの拍子で泣き始めるとパピーは必ず思ったものだ。桃ちゃんは今どんな言葉で泣いているのだろう、きっと言葉が少ないからこそ一語一語に帯びる悲しみは大きく、こんなに泣いているのだなと。

その夜こっそりと、ドアの開いている桃子の部屋をパピーは覗いてみた。机に向かっている。備え付けの蛍光灯は点いているが机の上には何も置かれていない。しばらく桃子の背中にパピーは自分の1人称を乗せ、彼女の1人称に自分を重ねていた。

今ここには思想も哲学もいや言葉もない。桃子とパピーがいるだけ。パピーの視線は止まったまま動かない。そしてパピーの身体も視線だけを残してことごとく消えてしまっている。

「……、桃ちゃん」

パピーは常づね思っている、自分は母のお陰で家族の時間の中にずっといることができた。パピーの存在の1分子1分子は母が遺してくれたもの、とパピーは自覚している。同じ事をパピーは桃子にもしてあげようと思っている。

パピーはこんなこともことさらに意識して自分に言い聞かせている。自分が生きる課題として今の桃子を捉えてはならない。自分の側で受け止める課題ではなく、自分は外にいて、桃子の問題は桃子の身中で始末されなければならず、パピーは言ってみれば、桃ちゃんが桃子でいるための、その触媒になっていなければならないのだと。

あーでも、自分には何が出来るのだろう。このことを考えるとパピーの時間は止まってしまう。無力感が辺りを填めつくし目の前に白く漂い、言葉は繋がらない。桃ちゃんとパピーはどうなっていればいいのだろう。

パピーは二人の関わりの仕組みを言葉で探そうと模索しながらも、一方でそんな行為の虚しさに気持ちは萎える。

パピーはいつも思う。１人称複数の「私たち」って誰が自覚する誰たちなのだろう。２人称に向かう１人称も、１人称を迎える２人称も、単数だから成り立っているはずなのに。


10月に入った。

「それを聞いて桃ちゃん泣いちゃったの」とママ。

この日、今の病状のことそして手術のことなど中根先生から説明を受け桃子が泣き出したという。その時の桃子の１人称はどんなだったんだろう。想像するに、不安ながらも目の前を流れる時間に身を置き、瞳に溜まる涙の内側で桃ちゃんの１人称は息を潜めていたに違いない。

手術が決まった日、夜に始めて桃子に会った。桃子は食事をしている。

「桃ちゃん、悪いところを取ってしまうんだからいいことなんだよ」とパピー。

「うん、……」

桃子は食べながらテレビに集中している、あるいは不安との繋がりを遠ざけているのか。

その夜パピーは、桃子とママを前に中根先生が説明しながら記した「治療、検査、病状説明紙」の複写をおそるおそる覗いて見た。きびしい内容だ。桃子が途中で泣き出したのがよく分かる。

桃子の不安はいかばかり。他人が推し量れるレベルではない。三十二歳だがしかし幼いままでの経験が作った感受性の、一〇〇％以上の表面積で不安を受け容れているのだろう。パピーは口の中で「ごめんなさい」を繰り返す。桃子の１人称は止まっているかもしれない。

祝福され生まれ、大事に育てられ、みんなに可愛がられ、三十二歳の今もパピーにとっては可愛い桃ちゃん。彼女もパピーたちの前で可愛い桃ちゃんとしてその中に自分からも身を置いてくれている。

彼女に対しての正しい理解の方法がいまパピーに問われているのではない。彼女の1人称と重なるパピーの1人称はどうあるのかがパピーに問われているのだ。劇場風な言葉で言えば、いまパピーは自分のことなどどうでもいい、桃ちゃんの安寧がパピーの生きる目的なのだ。

10月末のある日、パピーの六十五歳の誕生日を祝うため、桃子の大好きな外での食事会を新宿の居酒屋で持った。4人がけのテーブルに、パピーと今は横浜でひとり暮らしをしているお兄ちゃんの雄一がこちら側に並んで座り、向かい側にママと桃子が座った。

パピーは桃子とママの顔を見較べる。居酒屋としては似つかわしくない薄暗い照明が二人の顔にいつもと異なる陰影を落としている。明らかに二人の顔は異なる。桃子はどこかパピーの母親に似ている。彼女の眼を盗んでパピーは桃子の顔をじっと見ていた。綺麗で可愛い。

桃子はよくそうするのだが、遠慮したり気を使ったりする必要のない気が置けない間柄だからそれを自分に許す、顔は正面に置いたまま眼だけを話し相手に向けたやり方で、ママとお話をしている。いたずらっぽく白目が瞳を隅に追い遣った表情は、口元の笑みとあい俟って愛くるしい限りだ。

11月の第1週、桃子は手術のためK病院に入院した。その日、ママとパピーそして桃子本人は、そのためにあるであろうと思われる病院内の小さな部屋で、中根・林両先生から手術の説明を受ける。

パソコンにMRIの画像を映しながら先生の説明が始まる。パピーは、耳では先生の話を聞きながら、しかし眼は、くっつくようにパピーの真横でじっと先生を見つめている桃子の瞳を盗み見ていた。

説明が始まった。桃子は中根、林両先生の話を、流れのままますべてを受け容れじっと聞いている。それは、母親のふところに抱かれた、言葉を持たない産み落とされたばかりの赤子が、その「抱かれている」が声に変容し、それをじっと耳で受け留めているかのように。

疑うや抗うの構えはそこには微塵もない。自分の前に現れた初めての世界を、そのままおすべて受け留めている赤子の桃ちゃん。

一方、妙な自分と思いつつ真横の桃ちゃんの瞳に見入っているパピーは、このとき透明な世界にいた。自分でもその中に溶けているのがはっきり判る。ここはいま、パピーの1人称が消滅した世界だ。桃子がいるからその中にパピーもある。パピーの1人称は完全に吸収されて桃子の瞳の奥に仕舞いこまれていた。

入院から3日後、桃子は午前十時から午後六時までかかる手術を受けた。神経膠腫は残ったままだが悪性とおぼしき部分は取ってもらった。

手術のあと、中根先生より怖い話があった。

ただパピーはこんな場面で自分でも不思議なのだが、自分に刃で一刺し加えている中根先生は、いつもこんな宣告を病人の家族に伝えなければならないのかという、中根先生の1人称に対する同情と畏敬の念を、話の内容と同じレベルでそのとき同時に感じていたのだ。相手には無慈悲と思われる自分の情感を、どんな裏を取って妥当とし、自分にはどのようにケアを施しながら、相手への一刺しを言葉に乗せて伝えているのだろう。医者でいるとはすごいことだ。

中根先生は、まるで今日の天気を伝えるかのように冷静に、桃子の病状は現在4段階ABCDのD段階で余命は2年から7年ですと、用事を済ますようにパピーたちに伝えた。

脈搏は止まった、音は消えた、開いている眼は何も見ていない。一切の思考はどこかへ往ってしまった。言葉は何の形を持たない。パピーは黙って叫んだ、いやだいやだ。

桃子にとって私たちの桃ちゃんにとって、そんなことってあるのだろうか。説明を受けたあと病院の廊下を無言で歩く二人。ママのヒールのこつこつだけが天井に響く。黙ったままママとパピーは駐車場に向かう。ママは涙が止まらない。彼女も現実の時間からはみ出して涙に閉じ込められている。

桃子のため何が出来るのだろう。考えられない。パピーの心の中で折り合いがつくなどあり得ない。桃子を救うには……。いや、あるぞ、あってくれ、奇跡だ、奇跡が起こってくれ。

２週間後桃子は退院したが翌週再び入院した。化学療法を受けるという。

パピーは今、１人称、２人称、３人称に区別して文をつくり命を言い分けていることの私とは何？　を問われている。そして屁理屈をこねるように、学問的に説明されたいきさつがきっとあるのだろうが、いくつかの外国語で、動詞の過去形はなぜ１人称と３人称は同形なのだろう、過去では１人称は消え３人称に吸収されてしまうのか、桃子が過去形になったら、などパピーは受け容れられない妄想を追い払いながら、自前の憶測に身を沈ませ漂っている。

パピーの肉体は、それが起きた後も地上に残ったとしても、桃子の一生に合わせて完成されていなければならない、あるいは終わらせなければならないのか。パピーはどうするのだ。

テレビのニュース番組。ある病院の待合室で赤ちゃんを抱いた母親が新型インフルエンザを気遣っていた。何も知らずに健やかに母に抱かれている赤ちゃん。その赤ちゃんは、パピーであり。桃ちゃんでもあり、すべての人たちだ。私たちは今、どれだけ赤ちゃんから抜け出しているのだろう、パピーは思う。誰も抜け出してはいない。いつも誰かに何かに抱かれたまま。

パピーはいま、言葉の虚しさに囚われている。手探りしても触れてくれるものは何もない。井筒俊彦先生の本で出会いそらんじている《言説《ごんせつ》の極《きわみ》、言《ごん》に依《よ》りて言《ごん》を遣《や》るを謂《い》うのみ》を、今の気持ちを囲む仮の手立てのように口で誦してみるが、それ以上先には進ませてくれない。

気持ちはどんな成分から成っているのだろう。やはり成分は言葉なのだろうか。それとも感覚で始末する身分け構造か。パピーの口から出てくるのはいやだいやだの6文字だけ。眼では描けない世界にいやだいやだだけが鳴っている。

一度退院したが、11月の末再び桃子は入院した。化学療法をつづけるためだ。

パピーは毎日病院へ足を運ぶ。夕方はママが来るのでパピーはお昼に。そして桃ちゃんと一緒に自分もお弁当を食べるのだ。桃子の病院食とパピーの持ってきたお弁当が、ひと部屋をカーテンで四つに仕切った小さな空間で、机の上に並べられる。

桃子は魚が、特にこの病院の煮魚が苦手だ。だからパピーは肉をメインにおかずをタッパーに入れ毎日差し入れする。この日は牛肉炒め、生ハム、そしてゆで卵。ゆで卵はひとつまるごとでは多すぎるのでパピーと半分ずつ。桃子の喜びようったら。

いまこの場面は、娘が父親に寄り添って食事をしているのではない。娘に寄り添って父親が食事をしているのだ。この今が、ああなんて幸せなパピー。

食事中に林先生が現れた。

「どう、大丈夫かな。元気そうだね。この化学療法はよく効くからね」

「はい、ありがとうございます」と桃子。

パピーは思う、桃子は生徒の、子供の、優等生だ。先生との受け答えも園児のように素直だ。先生に目を掛けてもらっている私は安心ですの瞳を、まばたきせずにじっと仰いだまま先生に返している。

お昼を終えて会社に戻るパピーを、桃子は病棟の出口まで送ってきてくれる。その間、廊下ですれ違う少しでも知っている人には誰にでも、「こんにちはー」の挨拶を、そのつど立ち止まり笑顔とはっきりした声で差し向ける。

桃子は、パピーに対しては甘えから油断してしまうことはあっても、よそのひとに対しては、どんなに小さな日常の場面でさえ百パーセントポライトで円満な対応を欠かさない。自分の人格を完璧に堅持する。

これはパピーやママの血ではない。桃子が自分で自分の中から育て上げてきたものだ。大江先生の著作で出会った言葉を借りて、桃ちゃんのハビットだ。うん、これはぴったり言い当てている。そうパピーは思う。

自分をめぐる生活環境に、ある物差しを用いて差異を作り色分けし、その色分けされた環境によってその中に住む人びとをも無意識のうちに差別化していることが、あるいは逆に差別されているなと感じることが、パピーにはよくある。こちらから差別化しているほとんどの場合、それは無思慮の内にうっかりなされ、ときおり気が付き、しまった、とお尻の始末が出来なかった自分の恥ずかしさと油断を悔やむ。

この、必要以上に敏感に感じる他人に対する油断への自己叱声は、現在六十五歳のパピーが成長期に、その時代の日本人の親から受け継いだ倫理観からきているのでは。そうパピーは常々思っている。

戦後のあの時期、ものが無く貧しく、いや、だからこそ謹直で思いやりがいっぱい交わされていたなと、子供のパピーも感じ取っていた時代の、パピーのお父さんお母さんたち。

子供たちの世界でもパピーは同じ思いやりに出会う。持ち物がまだ多くない子供の世界では、生まれたとき持たせてもらった生《き》の思いやりを、邪魔されずに自由に使えるのでは、そうパピーは思っている。

子供の世界で、桃子は三十二の今日も変わらずこの世界で生きている、とパピーは親の場所から見ている。いつまでもこんな風に見ていていいのだろうかと、子離れが出来ない自分を認めながら。

娘桃子への愛おしさは言葉から来るものではない。姿としての愛おしさが何にも拠らず先ずある、とパピーは感じている。

パピーには好きな文言がある。事態というキーワードに役目を持たせた文言だ。それは、二宮正之先生の著作の中で出会った、森有正がある概念を説明するときに使った《それは名辞の使用に関する約束ではなく、事態そのものが直接にそれを定義する》だ。

《事態そのものが直接にそれを定義する》は、忽然念起、恣意性という言い方と同列の、自分のエネルギーで自分の姿を生み出す形に思える。啓蒙書の宇宙論の中に出てきた人間原理もこれに通じる気がする。他人の力を借りることのできない承知の上での振る舞いなのだからこれでいい。そうパピーは自分に言い聞かせ理解している。桃子への愛おしさは事態であり、それ以上先の説明は必要ないのだ、とパピーは安らかに腹に納めている。

なおこの惟《おも》いと同じ周辺でパピーもテツガクしている。それは吊舟《つりぶね》という私想だ。人はそれぞれ何かしらの小舟に乗っている。だがよく見ると舟の舳《みよし》から綱が投げられ艫《とも》に結ばれており、その綱を舟の真ん中で立ったまま両肩で担いでいるのはその人本人という構図。パピーはこのテツガクが気にいっている。

愛おしさはどんな仕組みでどこから生じてくるのか。それは判らなくてもいいし、判ることはカミサマの家へ土足で上がり込むような気もするし、ましてや言葉を重ねて判ろうとする対象ではないのでは、そうパピーは思う。

でも、と迷うパピーは少し戻ってみる。愛おしさの素性について、言葉を繋げて近づくことも必要だぞ、と。いやいや、やはり駄目だ、男女関係のそれにはいいかも知れないが、桃子への愛しさは、譬えてみるとそれは桃子と一緒に乗っている小舟で、小舟の素性が判ってしまった瞬間、してはいけないことをした罰に小舟は沈んでしまい、愛おしさも消えてしまうかもしれないから。

だから判らなくていい。判らない間はずうっと、愛おしさはパピーの中に在る。

ああ、それにしても人間同士に働く、特にひと組の父と娘の間に働くこの熱量は、かつても今もどのくらい宇宙に充満しているのだろう。

きっとある、またあって欲しい、究極のだからこそまだ気がついていない、感動と何らかの責務に満ちた、人間とは、生きるとは、そしてWhat is “*I*”?、の答えは。

　桃子は課題を問い掛けつづけている。


　12月になった。パピーの中では桃子のことを詰められないままの状態が続いている。言葉でそれをやろうとしていることがそもそも無理なのか。確かにそれはそうだ。でもパピーよ、臆することはない。だってパピーは、世間と折り合うときには苦労したが、にんげんの身体がそうさせている呼吸に背かない、自分の言葉で生きてきたのだから。

　でも注意しろ、レトリックに陥らないよう、言葉を重ねて自分を無理に説得しないように。そうパピーは自分に言い聞かせる。

　それにしても、文法用語から借りた人称という括りが、手繰り寄せのよすがとして常にパピーを支配している。桃子の現在はひとの人称とは何かをパピーに重く投げかけている。

手帳 62

年が明けた。お正月の二日に恒例の新年会。今年は長兄であるパピーの家ではなく、横浜中華街香港路の一角にある、味が評判の小さな店にパピーの兄弟と家族が集まった。３兄弟夫婦とそれぞれ子供が二人ずつ計十二人。

会も終わりに近づき一人ひとりの近況を報告することになる。桃ちゃんの番になり、話し始めると桃子はすぐ涙声になった。「私は、私は」と、今ここはそのために用意された場所と皆が受け止めてしまうほどの桃ちゃん色の空気が辺りをうずめ、入院のこと手術のことなど報告する。最後まで桃ちゃんの涙は止まらなかった。

こんなとき桃ちゃんは始めから必ず涙声になる。みんな一人ひとりの心それぞれの中に、桃子は自分の裸の１人称を涙に乗せて注いでいる。だから誰の胸にも障りなく彼女のそんな1人称は受け容れられる。やはり桃ちゃんだ。パピーはうれしい、ほっとする。

そして同時に思い描いてみる、パピーは、人にそのように受け止められる純粋な誠実さを、自分から発信する日常場面を持っているだろうかと。

桃子は今までずっと変わらず、親戚のみんなとは文字通り自分の身内、という間合いを取ってきた。いとこの男の子たちには、年上の彼女はまるで本当のお姉さんのような接し方をしてきている。

「パピーはどうですか、ちゃんとやっていますか」を桃子に問われているようだ。パピーにはすでにその間合いはあやしくなってきている、というより怠っているのが自分で感じ取れる。

1月の第2週にはママの誕生日会があった。家族の誕生祝はときにより麻布十番のフランス料理のお店へ行くことになっている。

その前日桃子はパピーのところへ来て、明日ママにお店でお花を渡そうと思うの、だから私はみんなとは別に行きます、と告げた。蒲田でお花を買って多摩川線に乗り、多摩川で乗り換えて麻布十番、など経路を桃子と確認する。

それにしても桃子の優しさ、気配りの篤さは、パピーはいつもそばにいるにも拘らず、改めて日常のスクリーンを破り抜け、いわば異化されてパピーの心にせまる。ただママを囲んでお食事会をするのではなく、思っている気持ちを形にして、おめでとうのお花をその場で渡すというのだ。

人に対して自分の気持ちを差し出すのに惜しみが微塵もない。桃子は一体今までどれだけ自分の気持ちをよその人に形を添えて差し出してきたのだろう。

ここでもパピーは自分を恥ずかしく思う。生活優先にお墨付を貰い、あるいは照れ、億劫、見ぬふりにどれほど自身が流されてきたことか。

それから数日後のことだった。桃子の退職後に使われる新しい健康保険証を二人で出版健保まで取りに行ったときのこと。

車が靖国通りの専大前交差点で信号待ちに入ったとき、目の前の横断歩道を、片足を引きずりながら一人の青年が渡っていった。すると隣席の桃子がこんなことを訊いてきた。

「お父さん、もし私が足の悪い人と付き合っていたらどうする」

「別にいいよ。大丈夫だよ。でもきちんとお仕事を持っている人じゃないとね」

意外な質問にパピーはうっかり、大丈夫だよ、というモラル違反のフレーズを挟んでしまい、しまったと後悔した。

桃子はどんな気持ちからこんなことを言ったのだろう。自分、父親、足を引きずる青年。それぞれはどんな手を伸ばし桃子の気持ちの中で結ばれているのだろう。

でもパピーは嬉しかった。自分のお父さんにそんなことを訊く娘が今いて、そのお父さんがパピーなのが。父と娘は今ひとつになっているんだなの思いを、フロントガラスを通して迫ってくる同じ景色に向かって並んだふたつの座席が、より厚くしていた。

2月に入った。K病院定期検診の日、いつものようにパピーは、最近足に少々不安を覚える桃子を代々木駅まで車で送っていった。

駅前で車から降りた桃ちゃんに、パピーは座席に座ったまま右腕をめいっぱい窓から伸ばし、肩から回すゆったりしたバイバイを送り始める。そして車の後ろの横断歩道を駅に向かい渡ってゆく桃子が渡りきるまで、バックミラーに写る桃子とバイバイを交わす。桃ちゃんも歩きながら何度もこちらへ手を振ってくれる。

ああ、桃ちゃん……。ダッフルコートに包まれたまん丸い彼女の姿が改札口に消えるまで、パピーはバックミラーで桃子を追っていた。

思う、いま駅に消えていった桃子の頭の中では、パピーはどのような姿に描かれているのだろう。桃ちゃんの頭に描かれているパピー像を、そのままパピーは等身大で自分の頭に移送させ、内に重ね持っていたい。桃子とパピーは同じ一心同体をそれぞれ感じている。それがパピーの日常でありたい。桃子が在るときパピーも在る、でいたい。


代々木駅から歩いて5分ほどの近くにある明治神宮に、パピーはよく訪れる。正確に言うと、明治神宮にではなく神宮の森に。パピーにはある目的があったのだ。

北口から守衛さんに挨拶し森に入る。最初に訪れた時からその印象は薄れず、むしろますます強くなっているのだが、森に入ると直ぐゴッホとマチスがパピーを迎えてくれる。

近づくとごしごしっと音が聞こえてくるように目に迫るクスノキの樹皮は、ゴッホのタッチそのもので、抉るような圧倒的な筆の流れは、彼は密かに日本の森に来たことがあるのではを疑わせるほどだ。

天空を仰ぐと、今度はマチスが迎えてくれる。カシやアカマツの先端の枝々が青空に浸り、まさにそれを彷彿させる、何人かが手を取り輪になってダンスするあの絵にそっくりな隙間を織り出しているのだ。

50メートルほど歩くと目的地に到着する。そこには頭木《あたまぎ》のご夫妻が仲良く並んで待っていて下さる。

並んだ2本のカシの大木は、見上げると頂で枝葉を密に拡げ2体の楕円形をつくり、そっくりそのまま人の右脳と左脳をつくっているのだ。パピーは手を合わせ誦す。

「神宮の森の頭木のご夫妻、また参りました。桃子は元気でおります。ありがとうございます。お二人が青空にすこやかに枝葉を伸ばされていらっしゃるように、桃子の頭を元にお戻し下さい。」

2月中旬のある日、パピーとママは中根先生に呼ばれ話を聞く。桃子の現状は、判ってはいるものの今さらながら胸をえぐられる内容だ。ABCD4段階の最後のD段階のさらに最終段階まできているという。

そしてこの日、前から伺っていたアバスチン治療をお願いする旨正式にお伝えした。がん組織の成長を妨げる血管新生阻害剤という新しい薬だ。ただしひと月八十万から百万の費用がかかる。先ずは2カ月お願いします、とパピーは先生に申し入れた。なぜ2カ月なのだ。パピーは頭を締めつけられる。数日前ママと話し合った。

「私には気を使わないでね、桃ちゃんのことなのだから」とママ。

「分かった、その後のことはその後のことにしよう、裏の離れを処分すればある程度のお金にはなる、先ずは2カ月で奇跡を信じよう」とパピー。

いやいやパピーよ、それはおまえ自身への言い訳に過ぎないぞ。どこかでお金と命を秤にかけている。奇跡を信じようなどと、浅慮の辻褄合わせをしている。何故2カ月なのだ、どうして最後のお金までやろうと言わないのだ。

桃ちゃんの命とお金。お前の可愛い桃ちゃんだぞ。お前とママのことだけを信じている桃ちゃん。あんなに澄んだ瞳でお前の中に入ってきてくれる桃ちゃん。お前は自分のために桃ちゃんを可愛がってきたのか。桃ちゃんのためではなかったのか。

幼児のとき、門から勢いよく走ってきて敷石につまずいてころび、それでも泣きながら自分で起き上がり、広げたお前の腕に飛びこんできてくれた桃ちゃん。休日は必ず補助輪付き二輪車で光明寺に行き、ブランコとウンテイの後、馴染みになったお店の小さなベンチで二人並んでアイスクリームを食べてくれた桃ちゃん。夏休みは小さな水筒を肩から掛け、スタンプラリーで半日お前に幸せを付き合ってくれた桃ちゃん。

パピーよ最後までやれ！

知識として抽き出しに仕舞ってあった《不作為の罪》が文字面《ずら》から抜け出し、姿を持ってパピーに迫る。

それから数日後のこと、夕食前の夕方、食卓に座っている桃子が「テ、テ」と言い始めた。パピーはそばに行って「手がどうかしたの」と訊くと、「手が手が」を繰り返す。

彼女の手に触れながら「手がどうしたの」と訊くと、「字が書けなくなったあたし」と。

アバスチン療法を受けに今月末に入院する、その入院手続きに自分の名前と住所を書いた桃子の筆跡は、小さく震えていて読める文字としてはあやしく、しかも右に進むにつれて下線から下に徐々にはみ出していた。自分でも驚いてしまったのだろう。

桃子は、字が書けなくなった現実といま向かい合っており、その現実をパピーも共にしている。桃子との位置のとり方に苦慮しているのでなく、パピーの中にいる桃子の現実の1人称が痛むのだ。またパピーは、何で桃ちゃんにこんな思いをさせなければならないのかと、運命の進み行きを呪った。

数日前、朝きた新聞に挟まれている葬儀社のチラシを見つけた桃子はママに、「私が死んだらお葬式はどこでやるの」と言ったそうだ。そんなことを、桃ちゃんがそんなことを……。その場面をパピーは頭の中で再生したくない。時間を戻してその場面を現実から消去したい。

近ごろ桃子は歩行がややあやしくなってきた。言葉も少し詰まるようになってきた。そんな自分から桃子は、ここではない世界、パピーがおくびにも出したくない嫌なその語、それに桃ちゃんは意識の隅で触れているのだろうか。そんなことはあってはならない。パピーはそれを疑う時間を持つのさえいやなことだが、ぼうっとでも、桃ちゃんの視界の先にかすんで浮かんでいるのだろうかその語は。

パピーが音にも文字にもしたくない語〈死〉、頼む消えてくれ。

うーん、パピーは桃ちゃんと一緒にどこにいればいいのだ。パピーは自分の居場所を捜している。桃ちゃんの1人称、そこにパピーも入り込みたい。そこでパピーは桃ちゃんと重なっていたい。その場所へはどう行けばいいのだ。

タマシイのことを口に出そうか、ずうっとずっと続く自分のことを。そしてパピーやママは、桃ちゃんとずうっと一緒だよと。うーん、違うな、説明は何の納得にも届かない。

いま自分がそこにいる、その続いている時間にいる桃ちゃんの安心袋に、安心をたくさん入れてあげること。桃子の安心袋がへこまないよう、何よりも、パピーとママはずうっと一緒、が安心袋に満ちているよう。あーでも安心袋なんて、言葉のやりくりに陥っているな。パピーは自分の心の、先に進めない。

そうだそれから、身体や言葉の不自由が原因で起こりそうな日常の困難を、できるだけ感じさせないよう注意していよう。

近ごろ日常生活で桃子をてこずらせている場面がパピーにも時どき目に入る。ペットボトルの栓回し、トイレットペーパーのロールからの切り離し、階段の昇り降りも気になる。大好きなケータイのアドレス押しも苦労しているようだ。しかも桃子はそのことをこぼさない。すごいのは、そのような、自分で思うようにならない事態が起こった場面でさえ、他人に心配させないためなのか，私って変でしょうの仕草を笑顔で見せてくれさえする。ああ桃ちゃん！

2月18日はおじいちゃんの命日。パピーはついうっかりしてしまうのだが、桃子はしっかり押さえている。可愛がっている愛犬ポポの誕生日も毎年決して外さない。念を押されたパピーは数日前、おじいちゃんが大好きだったホープを二箱買い、仏壇にお供えして3人で手を合わせた。

その夜、食事が終わってからパピーは桃子をパピーの部屋へ連れて行き、桃ちゃんグッズの入っている机の抽き出しを取り出した。

パピーは桃子が幼稚園の頃から、将来起こるであろう出来事以降の時間を楽しく過ごす目論見のもと、グッズ入れを用意し、桃子が参加あるいは演じた行事にまつわるすべての関係品と、小学校低学年のときからパピー宛によこしてくれた数多のお手紙を、その中に未整理のまま投げ込んでいたのだ。

将来起こるであろう出来事とは、桃子の結婚であり、我が家を離れた桃子をいつも思い出としてそこから引き出せるよう、桃ちゃんグッズ入れとして机の一番大きな抽き出しをそれに当てていたのだ。

窮屈ながらもきちんと床に正座した桃子の前にパピーは、説明しながら思い出の品を並べていった。

先ずはパピーへのお手紙。お手紙はほとんどが広告チラシの裏を利用した紙切れで、小学校低学年の頃のものが多い。その頃パピーは、いつも家には遅く帰っていたので、それらのお手紙は玄関の床に置かれていた。

お手紙はたいてい「お父さんお帰りなさい」から始まって「お仕事がんばってください」で終わっている。そして必ず絵が添えられているのだ。「お父さんの帰ってきたところ」のキャプションとともに大きなメガネを掛けたまん丸いパピーの顔が「ただいま！」の吹き出しを吐きながら描かれている。

大学に入ってからのお手紙は、「寄付をお願いします」と「明日は1時間目からあるので必ず6時に起こしてください」が多い。

パピーが一番好きでよく取り出して見ていたのは小学校3年生のときの「ひとことカード」だ。B4版のざら紙が5つの部分に仕切られ、30字、30字、50字、50字、70字の枡目付き原稿用紙が1枚に刷り分けられている。

ある日の50字を桃子に読んで聞かせる。

『お父さんは、会社から帰ってくるとき大きな声で、ただいまあ、といいながら入ります。わたしはとびつきます』

桃子はにやりと笑う。

そこには、所どころ消しゴムで消したはずの前の文字がうっすらと残っていて、枡目からはみ出しそうな鉛筆文字が一升目ごとにぎこちなく埋められている。そしてその横には赤字で学級担任の田中先生が、「いいなあ、桃子さんのとびつく姿が目にうかびます」と添え書きしてあるのだ。ほらここ、と桃子に見せる。「ふふーん」と桃子。この日のこのざら紙の右下にパピーは、１９８６年10月と記していた。そうそう、すべての桃ちゃんグッズにパピーは年月日を記しているのだ。

プログラムも複数冊ある。

ピアノ教室『くるみの会』おさらい会のプログラムが数冊、学園祭のプログラムが何冊か、区内の中学校吹奏楽団が競う第四十二回大田区吹奏楽祭プログラムの第一ページ余白には、パピーの文字で、「この日桃子は先輩や後輩からたくさんの花束をもらいました」と書かれている。読んでみたが桃子は覚えていないようだ。

次々に、と言うより、手当たり次第に出してみる。短期大学英文科の成績通知書も出てきた。アルバイトの給料明細書もある。きりがない。桃子も少し飽きてきた。

桃ちゃんこの中にあるからね、と言って，この日はそれで抽き出しを元に戻した。

「愛すること」とは「お大切にすること」とＮＨＫ『こころの時代』で誰かが言っていた。「愛する」とはどんな内容なのだろう。当事者同士の位置はどんな具合なんだろう。

そういえば昔ある作家の『愛の試み愛の終り』という書物の中から、パピーはある時ある場面の自分の気持ちを懸命に探し出そうとしたことがあったっけ。赤線を引きながら、文構造を見失わないよう丁寧に読み進んだが、そこからは作品としての姿以外には何も得ることはできなかった覚えがある。

「愛す」の名辞はどのようになされたのだろう。この文字の使用は、神の愛というときには判る気もするが、ひと同士で使うとき、馴染み易い例えば擬態語などが伝えてくれる受け留め様からは遠く離れた場所にあって、どちらかからの借り物をやや無理に使っているの印象が強く、身体が障りなく受け容れるの感は薄い。この字の代わりにパピーは「包む、一緒になる、交じる」がいいかな、と思う。

桃ちゃんを包んで一緒になりお互い交じる、が桃子との愛か、そうパッピーは思う。

数日たったある日の夕食前、食卓でパピーが桃子と二人だけになったとき、想像するに、孵《かえ》ったばかりの小鳩が親鳩に、自分はここにいますよを啼いて教えるように、かぼそく小さな声で、パピーの瞳に自分の瞳を滑り込ませ、桃子がこんなことを言ってきた。

「ねえ、聞いていい」
「いいよ」とパピー。
「お金百万円本当に出してくれるの」
「もちろんだよ」

ああ、今のこの瞬間は、質問と答えのために流れた時間ではない。ふたりはまさに一緒になっているその瞬間だ。この場面は、桃子と向き合うパピーの顔に、ああ親であってよかったの喜びをシャワーのように浴びせた。

でも桃子は、百万円という彼女自身でも分かっているわが家にとっては途方もない金額と、そのお金を出す親と、そして子供である自分とを、どのように型合わせしているのだろう。もし出来ればパピーの願いは、桃ちゃんがそのことに思いをめぐらせていないこと、そして「お金百万円本当に出してくれるの」は「パピーありがとう」の別の言い方であること。

「うん、桃ちゃんは何も心配しないでね」

微笑みながらパピーはこの場面を閉じた。

それから桃子は立ち上がって、いつものように、その様子がいつの間にか桃ちゃんらしさにも見えるのだが、身体の不自由からくるぎこちなさで、みんなのお茶碗とお皿、ママのビールグラス、パピーの焼酎コップ、そして箸をテーブルにそろえ始めた。

いまはしっかりとそのままでいる桃ちゃん。起きているとき気付かれないようそっと傍から見る横顔も、寝ておでこと伏せた目だけを布団から出している顔も、安心顔の桃ちゃん。桃ちゃん、起きなくてもいい、ずっとそのまま寝ていてもいいんだよ、そこが安心できるんなら。そうお布団の桃ちゃんに、声は出さずパピーは話しかけた。

桃ちゃんが安心しているとパピーも安心でいられる。

でもそこに桃ちゃんがいなくなったら、お部屋の中が机とお布団だけになったら、パピーはどうなるの。いやいやごめん。パピーのことはどうでもよかったね。桃ちゃんが桃ちゃんのままだったら、パピーは桃ちゃんの中にいてあげられる。

このごろはお昼もずっと布団の中にいることが多くなった桃子。パピーは思う、パピーも桃ちゃんの頭の中に入って一緒に無意識していたい。

無意識の中で思いを持たずにただじっとしている。世界の線引きがなくなり、無分節そのものになる。そこはパピーの頭の中でも桃ちゃんの頭の中でもどちらでも構わない。一緒になっていることがすべてなのだ。

夕食時桃ちゃんの日課は食卓の準備をすること。台所の食器棚と食卓の間を何度も往復して箸、コップ、お皿を一つずつそろえてゆく。いまは、５本の指で普通には掴めなくなった食器を、親指とまだ利く他の一本の指で上手に挟むなどして運んでゆく。

不自由になってきた自分の身体を動かしながらお手伝いする桃子は何を思っている

のだろう。こんなときこそ桃子と一緒になっていなければならないのに、とパピーは自分を叱る。

桃ちゃんのお手伝いは食器ぞろえだけではない。よく行うのが玄関の靴ぞろえ。不自由な身体をゆっくり折り曲げ、玄関の上がり口から手を伸ばして靴やサンダルを、つま先をドアに向け一足づつ並びそろえる。

また、誰もいない部屋の電気は必ず消し、もし消さずに出ようとすると、目と指でそちらを促しながら、言葉にならない「ううーん」でパピーだめですよ、を注意する。こんな身体の状態でも、いやこんな状態だからこそ、桃子はいますよ、をやっているのか。

2月もあと1週間ほどで月が改まるある日の朝、その日はアバスチン治療の初日で、治療そのものは点滴だけなので日帰りでもよかったのだが、初回は安全のため1日入院することにしていた。

5時ごろだった。パピーは既に眼が覚めていて布団の中からニュース番組を見ていると、2階のトイレで水を流す音がする。おや?、桃子は1階のトイレには行かなかったのかしら、の心配が頭をよぎった。パピーの家のトイレは1階だけがワォッシュレットで2階は古いまま。だからみんな1階で用を足しているのだ。するとパピーの部屋の入り口に桃子がすうっと現れ、そこからぎこちなく手を振っている。

「どうしたの」と言ってパピーは起きてそばに行き手を掴んであげると、立ち方が少し変だ。「お布団に行こうね」と手をとったまま桃子の部屋まで一緒に。今日は少し変だ。ゆっくりと布団の中へもぐりこませる。

「何かパピーがすることがあるの?」と訊くと「うん」とこたえる。

「身体のこと?」

「まだ……まだ……」と桃子。

「うん」

「どこかいたいの?」

身体のどこかが「まだ何か」のようだ。その何かを懸命に言い出そうとするのだが言葉が出てこない。パピーはしばらく傍にいて声を掛けていたが、「もういい」と微かな声で桃子は閉じた。そしてパピーは部屋へ戻った。

翌日、アバスチン療法から帰った夕方、食事ができるまで桃子は布団の中にいた。パピーは自分の部屋で、心の問題を扱っている井筒先生の文庫本の、既に引かれた赤線の部分にさらにメモ書きを加えながら拾い読みをしていた。すると微かな一歩一歩の踏み音が暗い階段から聞こえてくる。おや、と思う。あれほど、暗くなったら階段は必ず電気をつけてねと言っておいたのに。桃子はパピーに気付かれないよう、そおっと降りているらしい。

下に着いた頃を見計らって、パピーは上から窺いてみた。見下ろすと、階段の構造上、上からは三和土《たたき》だけしか見えない玄関の上がり口から、跪いて三和土に身をかがめたパジャマ姿の桃子の、まず上半身が現れ、次に右腕が伸ばされ、靴ぞろえが始まったのだ。パピーはほっとした。まだ出来ている。

暫し靴ぞろえの間、桃子の背中から彼女の1人称を包んで自分の1人称に重ねていたパピーは、机に戻り、最近頭の片隅を占めて離れないウンターラッセンを、今日もまた辞書で辿っていた。〔不作為〕の次に〔不作為犯〕の叙述が。一定の作為を行わないことによって実現される罪。母親が乳児を殺す目的で授乳しない、など。

パピーは置かれた立場を整理してみる。

戻れない病にかかった娘に、延命のため月百万の治療費が必要だ。まず2ヶ月としその後はうやむやになっている。それは明らかにお金の問題があるからだ。裏の離れを売ればある程度の金額にはなるじゃないか。知り合いの御岳商事に頼めばいいじゃないか。それをパピーよ、お前は躊躇している。何故だ。自分でも言葉にしたくない計算がお前の意志を麻痺させているぞ。桃子は世界理解に優先する、ではなかったのか。

パピーは命に向かい、真正面に立たされている。でも勿論最後まで、やるぞ。

手帳 63

２月最後の日、アバスチンが効いたのだろうか今日桃子は顔色もよく、いつもなら朝食兼用の昼食を食べると直ぐ２階へ行って布団にもぐりこんでしまうのに、まだ１階の居間でそのまま起きている。覚束ない字で何かを書きとめたり、クスリの整理をしたり、かつてのようにテレビドラマを見たりさえしている。

でも５時近くになるとさすがに疲れが出てきたのか、息も少し苦しそうで大きな溜息も出るようになった。これからお風呂に入る段取りになっていたようだが無理だ。パピーは、そのつもりでいた渋面のママを説得して、「桃ちゃん２階へ行こう」と促す。

桃子は重い身体を椅子から離し、ゆっくりと階段に向かう。「はーっ」と大きな息を吐いて苦しそうだ。ところが階段の下まで来ると桃子は振り返って、何とか声になる声で「お母さーん」と台所のママに呼びかけたのだ。ママが振り向くと、桃子はしっかりした笑みをつくり大きくバイバイをした。こんなに辛いのに、ママへのケアを忘れない桃ちゃん。

そしてパピーはガードするようにぴったり桃子の後ろに従い階段を上っていった。大丈夫、桃子はまだ桃子だ、パピーはいつもの日常の中にいた。

パピーは思う、桃ちゃんの辛さは、頭の中は明晰なのに身体が動かないことだ。だからできるだけ桃ちゃんの身体になってあげるのが自分の務めだと。

例えばクスリのこと。

桃子が1日に服用するクスリは大変な量だ。種類も10種類余りのうえ、同丸薬でも朝昼晩により個数が異なる。大袋でまとめて病院から出してもらった薬を、小さなビニール袋に朝昼晩用にそれぞれ小分けし、さらに1週間分を用意しておくのだ。

この作業はなかなか骨が折れる。まず机の上にすべてのクスリを種類別に分けて並べ置き、次に処方に合わせてクスリをそこから選び取り、それぞれの個数を注意して朝昼晩に小分けしてゆく。桃子は彼女の性格も手伝って、人には任せず、この作業を実に丁寧に根気よく仕上げていた。ところがこのごろ指がうまく動いてくれない。見ているとずいぶん苦労している。途中で溜息も出てくる。

そこでパピーは桃ちゃんに提案した。

「パピーが桃ちゃんに代わっておクスリを数えて朝昼晩に分けて置いていくから、桃ちゃんはパピーが間違わないように前で見ててくれる？」

小さくうなずき、桃子は了解してくれた。

３月に入り、１日の日曜日は特別な日になった。

夜の７時に横浜にいるお兄ちゃんの雄一がやって来たのだ。桃子はすぐ２階から下りてくる。今日は車ではないから呑めるという。ママは二人の大好きな焼肉をつくった。

「お兄ちゃん、桃ちゃん言葉が直ぐに出ないからよろしくね」とパピーは桃子のいる前で雄一に。

「わかりました」雄一も事情を理解しているようだ。

４人での食事が始まる。久しぶりだ。

桃子はまずいなり寿司を手で取り頬張った。先ほどピアノの禮子先生が桃子へと、お花と手製のいなり寿司を持ってきてくれたのだ。おいしそうに食べる桃子。なんと次もいなり寿司を手に掴んだ。箸が上手には使えなくなった桃子にとってこれは食べやすい、そんなこともあるのだろう。それから桃子は焼肉皿の野菜とニンニクを苦労しながら箸でつまんだ。肉は食べないのかなと思ったらそんなことはない。大好きな焼肉は最後にとっておいたらしい。何とか箸で食べている。平らげると最後に、ママが切っておいたガーリックトーストにまで手を出した。お兄ちゃんと一緒が効いている。パピーはほっとした。

この間パピーは、お兄ちゃんとのツーショットを複数の角度から、使命を持たされたかのようにカメラで撮りつづけていた。

大河ドラマを見ながら食事は終わる。最後にパピーが蒲田で買ってきた桜餅をみんなが食べ終えると、お兄ちゃんがポポを散歩に連れてゆくという。これはママは大助かりだ。

お兄ちゃんがやって来たとき庭から玄関に入れておいたポポに綱をつけて表に出た後、「それじゃー2階に行きます」と階段を上ろうとするパピーに桃子が、「待って!」の合図を手で。なかなか出てこない言葉をようやくしぼり出し、

「お兄ちゃんが帰って来るまでここに居て」と。

パピーは直ぐに桃子の気持ちを察した。今晩お客様として来てくれているお兄ちゃんがポポを散歩に連れて行ってくれている。そのおにいちゃんが帰ってきたら皆で「ご苦労さま」を言おう、だからこのまま1階にいて、そう言っているのだ。

桃子は省かない。家族を結ぶ糸に弛みを与えない。もしかすると、だからパピーは親でいられるのかもしれない、そんな思いがよぎる。

雄一が横浜に帰るときは、こんな場面もパピーは始めて見た。玄関で桃子はおにいちゃんにきちんと腰を折って頭を下げたのだ。そしてママと一緒に外へ出てお兄ちゃんを門まで送っていった。

その夜パピーは手帳に向かって奮闘していた。「生きている」の基《もとい》が見える場所に思惟で近づきたかったのだ。桃子が生きている、パピーが生きている、の基。それが知りたい、分かりたい。

手立てを求める便利のため、パピーはよくそんなことをするのだが、辞書で「分かる」を引いてみる。解字に会意文字とあり、刀で二つに切り分けることとある。なるほど文字では明瞭だ。差別化、分節のこと、もやもやに線引きを下すこと。すると「分からない」は二つに切り分けられない、もやもやのまま。いやいやそんなレベルの問題ではない。言詮不及の４文字が現れる。先に進まない。

雛祭りの３日のこと。一昨日から桃子の具合がいい。動作もさることながら桃子らしい笑顔が顔に現れ、驚いたことに言葉もやや戻ってきた。暫くはひとつの単語さえ顔をしかめてもしぼり出せなかったのに、今日は時に文となって口から出てくる。新しい治療法が効いているのだろうか。

夕方、「桃ちゃん、パピー蒲田でガーリックトースト買ってくるね」と玄関を出ようとすると、桃子が急ぎ足でやってきて１枚のチラシを見せた。

「これ買ってきてくださーい」とパピーの瞳を覗き込みながら声を出した。それは今日から発売されるドトールコーヒーの新しいビッグサンドの写真いりチラシだ。どこで手に入れたのだろう。

そしてこのとき、パピーを見つめる桃子の瞳は安らかで、陽の光をたっぷり受けて育った露草の花のようなブルーをたたえていた。頬は笑みでゆるみ安心で満たされていた。桃子の安心はパピーの安心。ほっとする。ああ、ここで時間が止まりこの瞬間の桃子がずっとこのままでいてくれたら。

この時、井筒先生の本で出会って気に入っていた tathatā が桃子の顔に見えた。真如と漢訳されたこのサンスクリット語を、確認すべき術を持たないパピーは、自己流に「タタター」と発音している。本然的にあるがまま、ありのままの性。このタターの最終音の「ター」を、息を吐きながらゆっくり延ばすと、「このままこのまま」の含意が聞こえてくるような気がする。また「アー」音は祈りをにじませ人と宙をつなぐ接続器のような気もする。

それを言葉でどう囲んだらいいのかうまく言えないが、いやきっと言えないからこそそうなのだが、あるがままの己でいるとは、主語も時称も持たない、初歩の文法で習う動詞の不定詞のような状態だろうか。不安を持ちながらしかしそれを否定せず、自分の時間をそのままにいる桃子。

仮に空想し、活用変化は失礼して tathatā を動詞〈(桃子)にある〉と使い、文にしてみる。

Momoko tathatā. うん、これだ。

ところが、それから数日たった夕方6時ごろ、パピーが2階で机に向かっていると、小さな声がどこからか聞こえてくる。桃子かな、とあわてて階段の上に行くと、下で桃子がうずくまっており、「あーあー」と喘いでいる。すぐ下に駆け降り「どうしたの」と声をかけるが喘ぐだけで何も言えない。抱えてどうにか自分で立ってもらい居間の椅子に座らせる。辛いようだ。早く2階の布団に横にさせたいが無理だ。口の不自由な桃子は指でテーブルに常備してある血圧計を指して血圧を測るという。測ってみると105-60で桃子の平常値だ。

そのうちママも帰ってきた。水を少し口に含ませるとやや落ち着いたので、2階に連れてゆくことにした。

階段はママとパピーが二重にすぐ後ろでガードし、桃子は一段登って両足そろえまた一段登って両足そろえのやり方で身体を運ぶ。桃子はしぼりだすように「よいしょ、よいしょ」と声を出す。それは自らへの励ましというより、昔の子供遊びにあった電車ごっこの、一つの輪に入った3人が歩速をそろえるため、そのリズムを執っているようなのだ。辛いのにこんなときでも桃ちゃんは…。「パピー、ママ、二人と一緒だから私は大丈夫だよ、心配しないで」の気づかいを「よいしょ、よいしょ」の声にして出さずにはいられないのだろうか。そうパピーには感じられた。

3人は一つになって登ってゆく。パピーたちはいま3人だけの時間にいる。パピーは登りながら時折目を閉じ瞼の裏に3人を映し、いっときの歓びを身体全体で感じ取ろうとしていた。辛いけれどありがとう、の自分の声を目の奥で唱えながら。

一時的なものなのか、進行したのか。布団に寝かせ掛け布団をかけ落ちつかせる。布団から首だけ出した眼は、「もう遅いから寝なくちゃだめ」と言われた幼児のそれだ。自分を見てていてくれている親がいる眼。

やや安心したママが2階から降りようとすると桃子が、「ママ！　大丈夫？」と細いがしっかりした声をママに投げかけたのだ。それは、最近ママは足の具合が悪く、いつものトントントンではなく、一段一段のさっきの桃子と同じ両足そろえで降りてゆくから。桃子は自分が辛いのに、こんなときにも。

不動産を売り続けて命を贖う。そして最後の一坪を売ったとき、そこで打ち切らねばならないのか。その打ち切りは何を意味するのだ。桃ちゃんはパピーの瞳の中で安心しているのだぞ。お前の生命観なんて何の役にも立たない。お前が桃ちゃんを見殺しにするなら、同時にお前は自身をも無くさなければならないのでは。パピーよ、どうするのだ。その場面は必ずやってくる。いや既に足元まで潮は迫っているぞ。

ああ、何でお金なんかがあるんだ。なんで命がお金と向き合わなければならないんだ。パピーの頭ではその先は描けない。

この窮境を拭うことは出来ないが、どこかにその気持ちを潜めて、術語《理事無碍》をパピーはこんな場面でよく、自分の居場所を納得させる手立てとして引っぱり出す。河合隼雄先生が一般読者向けにやさしくこの語を解説している本で出会い、読んでいたパピーはすぐ風船を思い出した。風船の全体が理法界、その一つの風船から、お祭りの屋台で風船売りが、風船の一部分をくるっと器用に回して小さな部分を複数独立させる、その小さな部分が事法界。

パピーは絵にして想像してみる。大きく膨らんでいる理法界風船の周りに、無数の突出した事法界風船が小さなこぶのように貼りついている。時にある場所に事法界として現れ、時に再び理法界に吸い込まれ一つに戻る。両者の間には壁はなく、いつも行ったり来たりしている。

その事法界の一つひとつが、時に桃子の命でありパピーの命であり、桃子の日常でありパピーの日常である。しかしそれらは一つの理法界からはみ出た突出部分に過ぎず、パピーと桃子は元々は一つの風船。

でも、だからどうなんだ。納得しているだけで今の桃ちゃんに何ができているのだ。

3月半ばのある朝、5時ごろだった。トイレに行く桃子がパピーの部屋に顔だけ覗かせ、既に布団の中で起きているパピーに小さく手を振り、それから一階に降りていった。彼女はいつもそうしてくれている。いやパピーはそれを待っているのだが。

暫くして階段を登ってきた桃子は、ああーと深い溜息をついてパピーの布団の片隅に身体をゆっくりエビ状に横たえた。目を閉じそこで眠る体《てい》で。

辛いんだな、ごめんね桃ちゃん、頑張ってね。

でも数分してすぐ、辛そうに上体を起こし、まず部屋の本棚の段板に手を掛け、次に重そうに片膝を立て、力を籠めてゆっくり立ち上がった。パピーも起きて桃ちゃんの部屋までついて行き、お布団を開けて中に潜らせる。

「お水はいらない?」とパピー。

小さく顔を振る桃子。

「お休み」とパピー。

「お休み」と小さな声で桃子。

部屋に戻ったパピーは手帳に向かった。

桃ちゃんごめん。パピーのせいだ。パピーはどう罪を贖えばいいのだ。どんな罰を受ければいいのだ。でもたとえ罰を受けても桃ちゃんのためには何にもならない。ああ桃ちゃん、桃子はいま苦しんでいる。桃子がいまの生を棘なく穏やかに過ごすには……。だめだだめだそんなことあり得ない。パピーは何にも出来ない。出来ればパピーも桃ちゃんの苦しみの中に一緒に入っていたい。

でも、このような身体なのに桃子はすごい。食事もきちんと摂り、テレビも見る。ときに大好きな刑事ものも最後まで。だからパピーは辛い。桃子はあのことの思いをどのように抱えているのだろう。あのことの思いはあるはず。

数日後のある日、家に帰ってくると食卓の上にＮＨＫラジオ講座のテキストが置いてあった。おや、と思い「これは？」

「桃子がどうしてもと言うから今日蒲田に連れてったのよ、ラジオ講座のテキスト買いたいって、ゆっくりゆっくりと」と台所からママ。

パピーは桃子を信じて生きなければ恥ずかしい。桃子は生きて生活を続けている。

パピーはこのごろはどこにいても桃子を憶《おも》い、頭から離れない。

ときどき、パピーはよくそうするのだが自分でおにぎりをつくり、それを会社ではなく外で食べるのだ。

その日は買い物もあったので日本橋の高島屋に地下鉄で行き、屋上まで登り、並べてある屋外テーブルのひとつでおにぎりを食べようとしていた。すると隣のテーブルに、乳母車を傍らに置いた若いママがお弁当を広げていた。よく見ると乳母車に架けられた覆いの端から赤ちゃんの顔が覗いている。目をつむり安心だけがそこにある。ああ桃ちゃんがいまこの子なら。パピーは暫く窺き込んでいた。

またある日こんな事もあった

著者と打ち合わせのため有楽町まで行き、打ち合わせ後、別の用事があり山手線で高田馬場へ。有楽町駅に着いた電車のドアが開き乗り込むと、ありがたい、入り口のすぐ横に席が空いていた。

すると次の新橋駅で親子連れが乗り込んできた。赤ちゃんを抱っこした若いお母さん、そしてお母さんにしがみつくようぴったりくっ付いている3歳ぐらいの女の子。とっさに席を譲ってあげようとパピーが腰を上げた時、優先席に空席を見つけたお母さんがさっとそちらへ向かった。するとお母さんにくっ付いていた女の子も、お母さんのスカートにしがみつき、それはまるで腰に付けた付属品のように繋がって動いていった。行く先はどこであれ、懸命にお母さんに随いていく女の子。彼女の視界には何もない。ただお母さんと一緒があるだけ。

ああ、この瞬間のこの親子を綺麗な言葉で包んで仕舞っておきたい。どんな繋りよりも幾重にも安心なこの美しい関係を、その表現よりほかにはない形容詞と名詞で包んでおきたい。そしてパピーはその語を、いつでもすぐ取り出せる抽き出しに入れておきたい。

限られている桃子の時間、桃ちゃんもずっとこの安心で満ちている女の子でいてくれたら、パピーは桃ちゃんのお父さんでいられる。

3月25日の夜、ママと話してアバスチン治療をさらに続けることにした。

桃子の言葉はほとんど出てこなくなった。これまでの桃子のいつもから推測して、パピーとママは桃ちゃんがやってもらいたいことを察し取る。

桃子は今まで、自分ではそのようにことさら意識せずやってきたのだろうが、傍から見ても、ぶれずに桃子自身の環境世界を紡いできた。そしてその環境が桃子の日常を拵え、その中で桃子は生きてきた。そして今現在も桃子は同じやり方の中にいて自分を生きている。

パピーの知る限り桃子は、自分の意志からではなく偶然出会った場面に包み込まれてしまうことがよくある。その反面とも言えるのだが、魅惑的なあるいは冒険的な、自分から遠い場所で光っている仮の言葉がつくる世界には、自分からは向かわず、影響もされず、自分の呼吸と同調するいわば桃子時間の流れに乗って生きてきた。

傍で見ていると桃子はいつも桃子だ。そしてこのような身体になった今日も、桃子は桃子をやっている。パピーにもそれが見え隠れする頑固という括りを除けて言ってみると、世間の評価とは異なるが、桃子の1人称は強い。そうパピーは思う、親ばかパピーをどこかで感じながらも。

3月末の土曜日、こんなことがあった。その日ママは大変な一日になったようだ。

朝食兼用の昼食のあと、クスリを服むとき、桃子が周章狼狽しポロポロ涙を流し始めた。ママがようやく気がついたことには、ある一種類のクスリが今日で切れてしまうのだ。どうして気がつかなかったのだろう。しかも今日は土曜日。

慌てたママは直ぐに病院に電話し林先生に繋いでくれるよう頼んだが、あいにく林先生は午前中だけの勤務でお昼に帰宅してしまったとのこと。何とかならないかとお願いすると、事務の方が林先生の携帯に電話してくれ、口頭で処方箋を作ってもらうことが出来たのだ。ママは直ぐ病院へ向かい、往復４時間かけて漸くクスリを手に入れた。

譬えは桃子に失礼だが、小学生が先生から出された宿題を自分の義務として誠実に受け留める姿勢で、クスリは時間どおりにきちんと服まなければいけないの義務感が桃子を捉え、涙に繋がったのだろう。病気の身でも透明な誠実さは桃子の内奥で健やかに息している。

桃ちゃんよかったね、パピーも安心した。

３月も今日で終わる。

パピーは透析を受けながらも元気だ。酒もよく飲む。一方の桃子は辛い現実に身を委ねている。

変だ、何かおかしい、そうパピーは思う。パピーの今と桃子の今の間には、双方を結ぶどういう脈が走っているのだろう。その脈は必ず通っている筈だ。そしてそれを見つけるのが今のパピーの仕事なのだ。「変だ」が「そうか」にならなければならないのだ。

この日パピーが会社から帰ってきて台所で弁当箱を流しにばらしていると、玄関で音がしてママがお使いから戻ってきた。その音が聞こえたのか桃子が2階から降りてきた。反対にパピーは着替えのため2階へ上がっていった。

上がって桃子の部屋を見ると、いつもは敷いてある布団が見えない。おやっと思って部屋の中へ入ると布団がきれいに畳んである。そして机の電気が点けっぱなしになっている。

何かやっていたんだな、と近づくと、NHKラジオ講座の英語テキストが開いてあった。

桃子の〈生〉をパピーという他者は描写出来ない。

4月に入った。MRIで見ると頭部の影が少し後退しています、との先生の話があった。奇跡であってくれ、奇跡であって欲しい。いや違う、奇跡がおきているのだ。パピーは信じているのだ。

先生の話を聞いた夜、ママと桃子は「ほたるのひかり」を合唱した。言葉の出ない桃子はトゥトゥトゥで。食卓の自分の席で、立ったまま顔を正面にきちっと向けて。ママは桃子の斜め後ろに立って桃子の横顔を覗きながら。

♪トゥトゥートゥトゥ　トゥトゥートゥトゥ

トゥトゥトゥトゥトゥトゥー

トゥトゥートゥトゥ　トゥトゥートゥトゥ

トゥトゥトゥトゥトゥトゥー♪…………

歌い終わるとママが言った。

「あんたこの歌が好きね。小さいときからいつも歌ってたね」

ママは歌いながらずっと泣いていたようだ。

卒業式に同級生の皆と並んで歌う歌。小学校、中学校、高等学校そして大学。パピーは皆と並んで歌っている桃子の姿を、写真アルバムからのように直ぐに目の前に引き出せる。だって桃ちゃんには一番お似合いの場面だから。

そしてパピーは桃子のお手手の場面を忘れない。

それは定期健診のあった日、書き留めた手帳の日付は4月8日となっている。

K病院へママと桃子は、往きは介護タクシーを使って行き、帰りはパピーが車で迎えに行くことになっていた。

病院の駐車場に車を置いて病院南側入口から入り、落ち合う約束の1階カウンター前ホールに目をやると、いたいた、南北に長くつづく受け付けカウンターに向かって劇場の椅子のように同じ向きに置かれた、各列7~8脚全部で10列ほど並んだ長椅子群の、ほぼ中央の、列と列の間の一番前に、車椅子の桃子が一人でいる。

手を振りながら近づくと桃子も気がついたようだ。でも昔のように大きな笑顔で手を振り返すことはない。近づくパピーを静かな瞳で迎え入れた。

「ママは薬局?」

桃子は黙ってうなずく。ママは桃子をここに置いて薬局にクスリをもらいに行っているようだ。

パピーは桃子の車椅子に隣接する長椅子の端に腰を掛け、桃子の視線と平行させてカウンターの方に目をやる。桃子は車椅子の中で両手をきちんと膝の上に重ね、じっと座っている。

するとその時、膝の上に重ねられた桃ちゃんの白い手が、突然パピーに話しかけてきたのだ。

「私は桃子です、ここに居ますよ」

パピーは驚いた。お手手がしゃべっている。

「そんなところにいたの、あなたは桃ちゃん?」

「はい」

「元気で丈夫で一人前がいっぱいの桃ちゃんだね?」

「はい、そうです」

「パピー心配したんだよ」

「大丈夫、私はここにいます」

小さいけれどちゃんと大人の形をした、膝の上できちんと居住まいを正した白い手は、動かずじっと、「私は桃子です」を言い続けている。そしてパピーも、桃子の代わりに話し続けるこの白い手は、桃子本人そのものだを、受け取っていた。ずっとこのままここにいたい、パピーは願う。だってここに桃子がいるから、ちゃんとした元気な桃子がいるから。

この手の持ち主桃子の人格は、そのまま膝の上に重ねられた白い手に移っている。病気で自分を表現できない桃子の代わりを、この白い手が引き受けてくれているのだ。ああこの白い手は桃ちゃんだ。パピーは桃ちゃんのこの手と、もっともっとお話していたい。


もう40年も二人は連れ添っているのに、ママの気持ち表現と決断には、パピーの理解力を超えている場面がときどきある。

あのアバスチン治療が二人の前に話として出てきたときのことだ。

そう、もう2ヶ月も前の2月初めのこと。中根先生より月100万円近くの費用が必要な治療を、やるかやらないかの決断を迫られていた。

月に100万はパピーたちにとっては途轍もない金額だ。毎月100万を支払うなんて想像上の金額でしかない。

ただいいところでもあり困ったところでもあるのを、パピーはそのつど起こった事後結果として自分で自覚しているのだが、お金のことはどうにかなるだろう、否もっと言うとお金との実感から避けよう、お金との関係環境から韜晦しようとする嫌いが、どこから来ているのかパピーにはある。お金はあった方が便利な場面に何度も経験しているのに。そしてその逆の、お金が無くて困ったのさ中にあっても、貧しさの実感は薄い。ましてお金を得てから何かをやるなど思ってもみないのだ。

だからこの場面でも、先ずは2カ月やってみよう、この2ヶ月で奇跡を待とう、などとパピーは子供のような提案を当初ママに持ちかけていた、ママの立場へ向けての躊躇をどこかに少し含みながら。

だがそのときママはこんなことを言ってくれたのでパピーは外れにすんだ。

「私には気を使わないでね」

この言葉は、家計を預かる私にはその責任がありますし、あなたに代わってわが家のお金の実情を把握しています。さらに私は、お金は世の中のほとんどの仕組みを支えている、の信念を経験的に知っています。もちろんあなたもこのことを、理解の一部分として採り込んでくれてはいますが。けれども今度の、可愛い桃子のことは、先ず第一に優先しなければならないことと思います。だから私に遠慮しないであなたが考えていることをやってください。そうパピーには聞こえた。

そして同時に、パピーのどこかに潜んでいるお金と命の天秤棒の苦慮を、ママは自分に引き取って言ってくれたのだろう。そうパピーは感じた。

そして、ママにはこんな場面も。

4月中旬のある日、桃子の従弟の俊ちゃんが5月に結婚する、式は浜松で、の案内状がわが家にも届いた。

その日から桃子がその案内状を手放さない。不自由になった口から、私は行く、を訴える。

歩行の覚束なさから移動そのものがどうなるのか、パピーにはその形が見えない。病状が病状なだけに、パピーは気が進まないのだ。いや無理だ、そう思う。

病院の中根先生にも相談したが、向こうでどんな不測の事態が起こっても不思議ではありません、責任はとれませんとのこと。

だがママはすでに決心を固めているようなのだ。「桃子は行かせます、あんなに行きたがっているのだから、あんなにも訴えているのだから、どんな困難があっても行かせます」と。

強い決意の前にパピーはママの考えに従った。

「桃子はもちろん行くのよ」、ママがそう桃子に伝えたとき、桃子の瞳は久し振りに輝いた。

その日の夜、食事が終わってクスリを呑み、歯を磨いて桃子とママは階段を登り始めた。ママが桃子の1段下で身体が重なるようにガードし、さらにその下でパピーも加わりダブルガードする。ゆっくりゆっくり登ってゆく。

2階に着くと、不自由な両足で重い身体を支え一歩一歩自分の部屋の中へ。敷いてある布団にはそのままうっとは横になれない。ゆっくりとまず片膝を下ろし、次にもう一方の膝をこらえながら下ろし、ごろっと身体を倒す。

そのとき、あまりの辛さからだろうか不自由さからだろうか、桃子の顔がくずれ、思はず抑え込むような呻き声が口から漏れた。

両手で身体を支えているママも傍のパピーも、瞬時この現実を受け容れなければならないただ中に投げ込まれた。

が、次の瞬間桃子は、「えええーん」と声を絞り出し、自分は今こんな状態ですよろしく、と言わんばかりに顔に笑みを作ったのだ。

ああ、こんなときにも桃子は……。

天性の気遣いで、ママやパピーのために桃ちゃんをやっている。身体は動かずとも身体の中の桃ちゃんはそのままだ。

この日のこと、そしてこの日からのことは、手帳を辿るのが私は辛い。

4月末のその日、桃子が失禁したのだ。

この日パピーはいつもと同じ5時に目が覚めた。起きて桃子の部屋を覗いてみると、おやっ桃子がいない。どうしたんだろう。パピーの気配を察してママが部屋から出てきて言うには、

「桃ちゃん昨日階段を上がれなかったの」

下へ降りて昔のおばあちゃんの部屋へ行ってみると桃子が一人で寝ていた。安らかに眠っているなと見届けて、パピーは台所でいつもの仕事に入る。もうご飯は炊けている。お湯を沸かしお茶を淹れ、仏様にご飯とお茶を差し上げる。そして、さあ弁当を作ろう。

と、おばあちゃんの部屋から小さな音がする。飛んで行ってみるとやはりそうだ。桃子が起き上がろうとして這いつくばり、うずくまった形でしきりに立ち上がろうと傍の襖に手を掛けもがいている。

「トイレ?」と聞くと小さくうなずく。

「ゆっくり立とうね」。パピーは桃子の両手を正面で向き合って握り、「片方づつゆっくりね」と立ち上がる桃子を支える。

いまパピーより体重のある桃子は尋常な重さではない。それでもなんとか立ち上がってくれた。桃子と正面で向き合い彼女の両手をしっかり支え、パピーは後ろ向きになってトイレへ向かう。向き合った二人は、まるでフォークダンスをしているような格好で、ゆっくりゆっくり廊下を進む。トイレに着くとパピーは、桃子がこちら向きに便座に座るのを確認してドアを閉める。

しばらくするとトイレから桃子のことばにならない声が聞こえてきた。呼んでいるようだ。慌ててトイレに戻り少しだけドアを開け「どうしたの」と聞く。言葉にならない声で何か訴えている。表情も険しい。「パパに出来ること?」「お漏らししたの?」

桃子は小さく頷いた。

「待っててね、ママを呼んでくるから」

さっき寝たばかりのママを起こす。最近彼女は明け方4時ぐらいに寝ることが多いのだ。

それからのママは大変だったようで、お漏らしはお布団の中でだったようで、桃子のパジャマを取替え、廊下を拭き、敷布団を別のものにした。

司令塔が傷ついてしまった桃子。私である私が自分の思うようにならない。気持ちも勿論そうだが身体がどうにもならないのは、父親のパピーも傍で辛い。パピーもママも、桃ちゃんのこの身体を、どうすることも出来ないのだ。

「大丈夫だよ、一人じゃないよ、パパもママも桃ちゃんとずうっと一緒だからね」を耳元で繰り返す。

気のせいかここ数日で桃子の顔色が褪せた気がする。中根先生が区分けした4段階の最後の4分の1の、更に進んだレベルにきているのか。

おそらく桃子もそれを考えているのでは。いやだ、それをパピーは思いたくない。《死》という文字と音が、桃子の頭の中で滲み、それをパピーも同時に受け止めている、の形をパピーは描きたくない。

桃子もパピーも、静止した理解で生きているのではなく、いま続いている時間の流れに身を置き生きている、とパピーは自分に言い聞かせる。だから……。

桃ちゃん、パピーは辛い。パピーはいま何もしてあげられない。

4月も終わろうとしている。

ハーハー・ハーハー、吐き出しながら中音で2音、つづいて息を吸い込みながら高音で2音、ハーハーを繰り返す桃子。頭は鮮明だが身体がいうことを聞いてくれない。聞いているパピーは辛い。桃子は身体の奥底からの悲鳴を中音と高音のハーハーに代え神様に訴えている。親が傍に見えなくなった小鳩が親を求めて啼いているハーハーだ。でもパピーはどうすることも出来ない。

なんで桃ちゃんが、神様に一番近いところにいる桃ちゃんが、こんな苦しみの中にいなければならないのだ。これを思うと、パピーの開いた眸の中は音のない世界が止まったままだ。

さっき、神様に訴えているとパピーには思えたが、それは間違いかも知れない。ハーハー吐き出す息の中で、〈ひとが生きている〉に一番近い場所に桃子は今いるのだ。そうパピーは耐える自分に言い聞かせてみたが。

ノーベル賞の益川敏英先生が、日経新聞『私の履歴書』の最終回で書いていらした文言を、パピーは救いのおまじないのように手帳に書き記してときどき覗いている。《仮に超対称性が存在するとすれば、われわれが知る空間とはまったく違った性質の空間が姿を現す可能性がある》

別の空間とは何だろう。パピーは救いの手を差し伸べるように今の現実をこの文言に重ねてみる。変身譚や復活譚や仮想譚ではなく、今この現実で見て感じている次元とは別の時空があって、そこではパピーと桃子は１００パーセント真の親子になっている。

サイエンスの力を借りて抜け出したいパピーは、こんなことも本気で思っている。かつてドイツの天才科学者は〈質量とエネルギーは同じもの〉と言った。中味不明のまま容れ物だけを借り、このエネルギーを「人への思い」に置き換えると、〈思いは質量となり〉思われた人の身体に遺る。そして思われた人に蓄えられた質量は随時エネルギーとなり、他への思いやりとなる。

5月に入った。桃子の状態が悪い。病院で中根先生の口から、パピーには聞き容れる力もない「末期です」という声が音となって、いやだいやだの錠をこじ開け耳から入ってくる。

いま桃子は、右手右足がうまく動かせなくなった。頭の中は、でもしっかりしているはず。言葉が出ないのでパピーは理解出来ているかどうか不安だが、平常の判断は出来ているようだ。そしてほっとするのは、まだ食欲は変わらないこと。

階段の昇り降りが出来なくなって、主のいない空のままになった2階の桃子の部屋に、パピーはよく入っていく。桃子の机の椅子に腰掛け、昔のアルバムを開く。20冊ほど詰まっているアルバム棚からその日取り出したのは桃子の中学生時代の写真。可愛くてもうこの頃は綺麗だ。少女タレントのよう。この桃ちゃんが思い出の中だけになってしまうなんて。判らない、こんなに可愛く綺麗な桃ちゃんが今苦しんでいる。

写真を見ながらパピーは思いに包まれた。もう桃ちゃんは2階のこの部屋へは来れないの、どうして桃ちゃんの時間は止まってしまうの、いま綺麗な瞳を輝かせてまるで赤ちゃんのような桃子が何故いなくなってしまうの、だって今いるじゃないか、そして桃ちゃんの身体の中にパピーもいるじゃないか。神様！　桃子を思い出にしないで下さい。

パピーは自分がいる場所を、文字の積み重ねを追い遣り、理解ではなくココロで受け止めたい。自分を言い聞かせるレトリックは世界の敵だ。


これから先は日付ごとに記録を手帳から拾い、辿ってみたい。

〔5月9日〕

今日は母の日。

「桃ちゃんからです」

桃子の意志ということでママに花を贈った。

数日前から桃子は、介護ベッドで寝るようになった。畳の布団からに較べ格段に容易になったとはいえ、勿論ひとりでは立ち上がれない。

今日はパピーもママに代わってトイレ行きを何度か手伝った。現在桃子はあまりにも体重が重く、いま機能する半分の手足だけで立ち上がるのは容易なことではない。パピーは寝ている桃子の両手を引っ張って、先ずベッドに腰掛けさせ、次に彼女の両脇に腕を入れ、抱きかかえて立ってもらう。それから抱えたまま向かい合ってトイレへ向かうのだ。

ところが何回目かのそのとき、廊下の小さな曲がり角でバランスを崩し、一緒に転げ倒れしまったのだ。パピーひとりでは無理なのでママを呼び、ふたりがかりで桃子を立ち上がらせたそのとき、桃子のパジャマがはだけ腰が現れ、左の骨盤のところに大きな痣が残っているのを見つけた。

パピーはびっくりした。いつどこで出来たのだろう。こんな大きな痣ならきっと痛かったに違いない。ああ桃ちゃんごめんね、パピーたちは気がつかなかったんだね。どこでぶつけていたんだろう。

言葉の出ない桃子は痛みの場所をパピーたちに知らせることさえ出来ない。

〔5月14日〕

結婚式出席の浜松行きの日になった。数日前から家の中の移動も車椅子を使うようになった桃子。この日も車椅子のまま介護タクシーで品川駅まで行き、パピーはこのとき初めて知ったのだが、新幹線車内には車椅子設置コーナーがあり、桃子はそこに誘導してもらった。

そして、やむを得ない安心のためこの日は、そしてこの日以降、桃子はオムツをすることになる。

翌日結婚式の当日、パピーは、こんな辛いときも桃子は桃ちゃんしているを目の当たりにする。

それは式が始まる前、式場内に用意された両家の控室に車椅子で押されて桃子が入ったそのとき、一斉に向けられた皆の視線に向かって、今は自分では表情を作りにくい顔に、ゆがめながらも大きな笑みを浮かべ、顔を少し傾け、「こんにちは！　私は従姉の桃子です」の挨拶を目で皆さんに贈ったのだ。

それは明らかにバランスのくずれた笑みだったが、心からの笑みには違わない、あの桃ちゃんのいつもの満面の笑みだった。ああこんなときにも桃子は。パピーは懸命に桃ちゃんを演じる桃子を、凄い奴そしてまだ変わらぬ桃子がいるを思った。

【5月20日】

「林先生がおっしゃってたわ、これからは喉が通りにくくなるらしいの。だから桃ちゃんの好きなものを食べさせてあげましょう」

ママがこんなことを、奥の部屋で寝ている桃子に聞こえないようそっとパピーに伝えた。次々に襲ってくる天使への試練。

【5月23日】

先生の言うとおり桃子の食欲が劣ってきた。でも、桃子の状態を説明して何になるのだ。桃子の苦しみを共に苦しんでも、桃子のためには何にもならない。

〔5月24日〕

夕食時、桃子の機嫌が悪くなった。それはテレビのスイッチを入れた時だ。テレビを煩わしく感じたのだろうか。あんなにもドラマが、特に刑事物は欠かさず見ていたのに。

〔6月1日〕

パピーは会社から地下鉄で日本橋まで行き、呼び鈴を捜すため高島屋へ。案内所で訊くとそれは食器売り場にあるとのこと。

口があやしくなり言葉がほとんど出なくなった桃子に、用があるときはそれを振って伝えてもらおうと思ったのだ。

食器売り場の隅に呼び鈴ベルは確かにあったが、いずれも、貴族の食卓で給仕か誰かに合図を送る、映画の一シーンに出てくるような、しかも華奢な銀製という代物。これではだめだ。

訳を説明すると店員は、楽器売り場のハンドベルを教えてくれた。直ぐ楽器売り場に移る。しかしあいにくそこには品揃えがなく、ヤマハ楽器店に行ってみたらとのこと。今度はヤマハ楽器店に向かう。

あったあった、店の地下売り場にそれはあった。正式にはミュージックベルというらしい。昔、小学校の用務員の小父さんが授業の始まりに振って鳴らしたあのベルを小型化したようなものだ。2オクターブほどの音階でそれは並べて品揃えされていた。パピーは一つひとつ振って音色を確かめ、cとハンドルの先に刻印されたベルを買い求めた。意外と大きなチリンチリンが響く。これなら桃子には容易に握れて振りやすい。

〔6月9日〕

朝4時、ベルが鳴った。「はーい、行きまーす」と大きな声で答えパピーは桃子のベッドへ。トイレだ。

まず寝ている桃子の両腕を引っ張り、上半身を起こし両足を垂らしてベッドに座ってもらう。次に桃子の両脇にパピーの両腕を入れ、抱えながら車椅子へ移ってもらう。

そして曲がり角では狭い廊下の壁に桃子の爪先がぶつからないよう、ときどきぶつけてしまい桃子は顔を顰めたが、注意して、でも急ぎトイレの入り口まで向かう。次に車椅子から抜けて便座に座ってもらうのだが、これが難事業だ。動く左足だけで立ってもらい、それこそ数センチづつ小刻みにそおっと身体を回転させこちらに向かせ、パジャマのズボンとパンツを一緒に下げ座ってもらうのだ。トイレットペーパーは予めパピーが、ロールから1回分を切り離し3〜4折にまとめ、何回分かを桃子がすぐ手に取れる棚台に用意して置いてある。

〔6月11日〕

トイレのあと桃子は、不自由な身体にも拘わらず必ず手を洗う。

車椅子のまま洗面台まで行くと、右腕が利かない桃子のためパピーは、桃子の右腕を肘のところで下から支え左手と重ねてあげ、パピーが蛇口をひねる。すると桃子はまだ利く左手を上手に動かない右手と擦り合わせ、納得ゆくまで可愛い手をこすりつづける。

このときパピーは、自分の顔が桃子の顔に触れんばかりの位置から桃子の目をそっと覗いていた。長い睫毛の下の潤んで澄んだ瞳が、洗面台にとり付けられた小さな蛍光灯をきらきら映し出している。

パピーは、ああ桃ちゃん、を思う。1時間か2時間おきのトイレ行きは辛い。しかしそこには、自分に言い聞かせ納得させるためでもあるのだろうが、明らかにそうじゃないぞの思いが先にある。

誰かに代わってやってもらいたいのでもなく、あるいは私がやっていることを誰かに判ってもらいたいのでもなく、そうではなくて、桃子にパピーがしてあげているこ とは、流れる時間のフィルムの中で二人がいま一体になっていて、その一体感は感じるものではなく、この地上で確実に形としてあるものなのだを、パピーは心の画布に焼き付けておきたいから。

いまこの洗面台でパピーは桃ちゃんとひとつになっている。パピーの全身はいま自分でも分かるほど透明に透き通っている。にんげんの世界だ。

〔6月16日〕

パピーは休日には必ず行く蒲田のサウナを出て、区役所前の横断歩道を渡っていたとき、ふとこんな思いがパピーの頭をよぎった。

いま自分は汗を流し身も心もすっきりした身体で街中を歩いている。でも桃子は1日のほとんどをベッドで横臥し、移動は車椅子、それを繰り返している。この桃子の病苦から何故パピーは離れてここにひとりでいられるのだ。桃子との距離の間で、パピーの無力をなじるゾレンのコードが重く厚く頭を被う。

〔6月23日〕

昨日パピーはあやうく罪人になるところを、寸前でママに救ってもらった。

桃子の身体がいよいよ動かなくなってきた。椅子の上で自分の上半身を起こしておくのも困難になってきた。またトイレに行くのもままならず、オシメの中で済ます回数もふえてきた。食事も思うように口に運べず、しばしば口元でこぼしてしまう。

やはりそろそろ自宅での療養は無理なのだろうか。重苦しさとどこかに後ろめたさが漂う気配の中、ママと相談し、前から巡回医師の先生に話を聞いていた近くのM病院でお世話になった方がいいのでは、ということに話が向かってしまったのだ。桃ちゃんにはどう言うかは問題を残したまま。

そして夕食の後、パピーは桃子に切り出した。

「桃ちゃんね、桃ちゃんは最近また太ってきてしまったので、パパとママではもう桃ちゃんのお身体を支えられないの。だからお身体を整えるため近くのM病院に入ってもらってもいい？　そしてお身体が整ったらまた帰ってくるんだからね」

澄んだ瞳でこちらをじっと見返し、「うん」とも「いや」とも言わない。ママは隣で細い目をつくって笑みを桃ちゃんに向けている。

それからパピーは2階に上がっていったが、直ぐママがあわただしく階段を上がってきて、

「パパ、やはり桃ちゃんは家においておきましょう」

そして、

「いま桃ちゃんに、大丈夫？　行けるの、と訊いたら、うん、と小さなけなげな声で。

パパ辞めましょう、桃ちゃんはここに、大好きなこのお家にいてもらいましょう。私どんなことでもやりますから」

ああ、この瞬間、パピーは胸を一突きされた。恥ずかしさがパピーの身体全体を走った。パピーは何ということをしようとしていたのだろう。ママの言うとおりだ。桃ちゃんが桃ちゃんでいる最後の1秒まで、どんな苦難があってもパピーとママは桃ちゃんと一緒にいよう。ママ、ありがとう、パピーはあやうく罪人になるところだった。パピーはまたママに助けてもらった。

〔6月28日〕

朝6時、パピーは部屋の入り口からベッドの桃子を覗いてみる。眼は開いている。人が考え事をするときの眼だ。何を思っているのだろう。桃子になれない自責の念がパピーを捉える。ごめんね。他には何も出てこない。謝っているのではなく、パピーのあるべき居場所が分からないのだ。桃子とはひとつの筈なのだから。

ここ何日か桃子はベルを鳴らさない。トイレ行きもなくなりママがオシメでお世話をしている。

　パピーはこんなことを思った。桃子はお母さんになって赤ちゃんを産む替わりに、自分が赤ちゃんになって戻ってきたのかと。いまベッドの中の桃子は生まれて数ヶ月の赤ちゃんだ。口も利けず寝返りも打てずオシメで用を足している。

　ああでも、パピーは思いに打たれる、眼は違う、眼の中には三十二歳の桃子がいるのだ。桃子は赤ちゃんに捉えられてしまったのか。

　そしてパピーはベッド際である念に誘われた。もしそこが本当にあるのなら、桃ちゃんに随いていってもいいな、と。


【7月2日】


　ここ数日で桃子の様子が大分変わった。今まで利いていた左手の動きが思うようにならない、口に頰張った食べ物がなかなか下へ落ちてくれない、右の頰にいつも食べ物が少し残ってしまう。

　そして困るのは、首が据わらず赤ちゃんのように後ろへ倒れやすくなったことだ。

ときどき後頭部を支えてやらないと倒れたままになってしまう。さらに食欲も覚束なくなってきた。

でもパピーが一番辛いのは、頭はしっかりしていることだ。

ああ、動かない自分の身体の中で桃子は〈何を〉あるいは〈何に〉〈どうし〉ているのだろう。パピーはこの〈何〉と〈どうする〉を思い見つけることが出来ない。判ればそこに、パピーが桃子と繋がる力がある気がするのだが。

〔7月6日〕

食べ物を頬張ることさえ難しくなってきた桃ちゃん。微かに眼を開いた桃子のお口に少しずつ食べ物を運ぶと、そのつどチューリップのような形にお口をすぼめて、スプーンからすうっと口に入れてくれる。調子がいいと噛んですぐ飲み込んでくれるが、いつまでも噛んで中々呑み込んでくれないこともある。

〔7月7日〕

会社から早く家に帰り、蒲田の花屋で小さな笹を買ってきた。そして夕食前七夕の飾り付けをする。短冊にはこう書いた。

＊桃ちゃんが早く良くなりますように

＊ママに疲れがでませんように　いつまでも綺麗でいますように

＊パパと雄一がお仕事頑張れますように

＊ポポがいつまでも元気でいられますように

車椅子で食卓にきた桃ちゃんに、パピーは笹を手に取って近づけ見せて上げる。

「ほら桃ちゃん、七夕だよ」

見てくれたが、反応はなかった。

でも嬉しかったのは夕食のとき、マクドナルドで買ってきたフライドポテトを１本づつ桃子の口に運ぶと、思い出したようにチューリップのお口に吸いこむように受け容れ、何度も何度もよく食べてくれたのだ。ああこのとき桃ちゃんは、昔の自分に還れていたのかも知れない。

〔7月12日〕

桃子の今に対して自分がいかに無力なのかをパピーは毎日思い知らされている。桃子の側に入ってパピーは何ひとつ出来ていない。桃子ひとりに辛さを背負わせ、桃子の苦しみをパピーは身体の心奥で共有できていないのだ。「桃ちゃん，ごめん」としか言えない。どうしたら桃子の心奥と一緒になることが出来るのだろう。

桃ちゃんをひとりにしておくことを、パピーは自分で自身を許せない。自分の1人称が消えてしまうからだ。パピーは、どこからかの借り物のようであまり好きな名辞ではないが、とりあえずの代弁者としてその行為を表現している言葉を借り、人を愛すとは、を迫られている。そして、桃子の1人称と重なるときはじめて、自分の1人称が在る、をパピーは思いの中で確信している。どうしたら重なるのだろう。桃ちゃんの安心袋に、言葉で安心を容れてあげることしか出来ないのだが。

〔7月14日〕

起きて食卓に向かっていても、桃子は眠っていることが多くなってきた。口元に食べ物を運んでも中々口を開いてくれない。パピーは以前ママが中根先生から聞いていた、いずれ食べられなくなってきたら鼻からチューブを入れるようになります、を思い出していた。

それでも辛抱強く何度も口に運ぶと、思い出したようにあのお花のような唇を突き出しお口に入れてくれる。お肉や大好きだったイカサシも、いったん口に入いると驚くほどしっかり桃子は噛んでいるのだ。

数日前より、首が後ろへ倒れるのを防ぐため、車椅子の手押し握りの部分に、頸を後ろから支える車座席のむち打ち予防のような器具を備え付けた。ただ後ろへは倒れなくなったが左右への傾きは防げない。食事中はパピーとママが手で支える。

〔7月15日〕

ベッドの上でほとんど横になっている桃子。パピーは横に置かれた車椅子に窮屈そうにすぽっと腰を沈め、動かない桃子の右手を握り顔をじっと見つめる。いま桃子はどこにいるのだろう。

桃子は自分でもよくそうしていたのだが、パピーは桃子の小鼻の谷をティッシュで擦って拭いてあげる。すると桃子はパピーの行為を受け止めるかのように顔の頬を片方づつゆがめ身構えてくれるのだ。パピーは嬉しい。

桃ちゃんの顔を見つめパピーはこんなことも思っていた。ああ、この桃子が三十二の桃子ではなく赤ちゃんの桃子であったら。パパとママの斎児《いわいご》になっていて、すべてパパとママに任せています、よろしく、と。

開いた眼の中で桃子の瞳はあの澄んだいつもの桃子の瞳だ。でもここ2〜3日パピーの方を見てくれず、今は自分では自由にならない、頭が傾いている方向だけにじっと視線を向けている。パピーを無力感が包む。この手帳に書き留めていることさえ罪を重ねている思いがする。

〔7月16日〕

いいじゃないかそんなことしなくても、と思いながらも、コトバを掴めずパピーは苦しんでいる。桃子とのこと。二人の人間ははっきりしているのに、両方を繋いでいる動詞が現れてこない。

人とあるいは人を〈何々する〉とは、桃子とあるいは桃子を〈何々する〉とは、パピーがどういればいいことのだろう。絶対的第三者がいて、あるいは一者がいて、それを教えてもらえることが出来るのなら。

あんなにも可愛い可愛いと〈何々し〉てきた桃ちゃんとの関係がパピーに続いていて、その延長線の上にパピーは今の状態の桃子とも〈何々し〉ている。そうでなければおかしい。パピーはその答えが欲しい。その答えを見つけ、「かしら?」から抜け出し「そうだ!」に辿りつきたい。

誰かが〈交《か》う〉と言っていた。〈触っている〉では、〈溶け合う、混ざる、交ざる〉では。うーん、いずれも音だけのコトバ。

〔7月18日〕

パピーは出張で来ている札幌からママに電話した。ママは、「もう何も食べないの、先生が来て点滴をしてくれました、熱が下がらないから。それから鼻から管を通しました」と。

〔7月21日〕

朝の5時、桃子の眼が大きく開いているのが少し離れた所からでも分かる。傍まで行って「桃ちゃん！」と呼びかける。長いまつげの眼が天井のどこかを見つめている。「パパですよ！」と覗き込む。微かに瞳は動くがこちらを見てはくれない。瞳が向かっている位置にパピーは自分の顔を移してみる。でもパピーを認めてくれてはいないようだ。いや分からない。「桃ちゃん、桃ちゃん！」を繰り返す。

それでもティッシュで大好きな小鼻拭いをしてあげると、小鼻から両口元の辺りを自分から伸ばして反応してくれるのだ。ママは言う、「分かっているのよ」。

身じろぎが叶わない桃ちゃんは何を思っているのだろう。パピーもよくそうしていることがあるが、眼を開いて何かをじっと見つめているとき、何かを思い巡らしているのではなく、ただ見つめている対象に自分を溶かし込んでいるだけ、ということがある。他人から見るとぼうっとしているように見えるだろう。でも本人は思考を息《やす》んでいるだけで自己は健在だ。

パピーはこの場面で、仮名臭《けみょう》く堅苦しい自己という言葉を持ち出すなんて自分が空しい。だって桃ちゃんは現実に、呼吸をし、汗をかき、くしゃみをし、オシメの中で尿も便も出しているのだから。

桃子の1人称はどう働いているのだろう。パピーが投げかけるパピーの1人称が、受け留める桃子のところで2人称に変わらず、そのままパピーの1人称として桃子の1人称と重なってくれる術はないのだろうか。

〔7月28日〕

会社から帰ってきたパピーにママが言うには、今日は桃子、目がぱっちり開いて看護の人もびっくりしていたわ、と。そして「口を開けて！」と言うときちんと口をあけたそうだ。

パピーは桃子の容体が分からなくなった。「桃子はすべて分かっているの」のママの言葉が思い出される。パピーは耐えられない。口も利けず手足も動かせずオシメで用を足し、でもそのままの桃ちゃんでいる桃子だとすると。

〔7月30日〕

今日びっくりすることがあった。ピアノの友達が二人やってきて「桃子！」と呼びかけると桃子が笑ったように見えたそうだ。もしそうだとすると、桃子はこうなっていてもまだ、相手に失礼を与えない社交性を顕わそうとしたのか。このことは実は、桃子があちらの世界へ移った後、従弟のヤッチャンから聞いた感動的な場面と重なるのだが。

パピーは会社に行っていて不在の折、ヤッチャンがお見舞いにきてくれ、利かない筈の右手を握り「桃ちゃん！」と声を掛けると、桃子は手を握り返したというのだ。ああそれが本当だとすると、桃子は最後までお姉さんを……。

そしてパピーは思い出していた。孚という漢字を名前に持ったある大学の先生から聞いた話を。この孚という字は巣の中で親鳥が雛を抱いている姿で、［まこと］と読みます。

パピーやママには反応してくれなかった桃子は、この雛の［まこと］でいてくれたからだろうか。もしそうだったのなら、このようなコトバでは不十分だが、桃子は親の子でいてくれたのだ。

〔8月1日〕

少し前から、パピーは桃ちゃんと一つになっていることがある。それは製氷室の氷の塊を桃子の口へ運び唇に付けてあげると、目は閉じたまま桃子はちゅうちゅうと何度も吸ってくれるのだ。氷が解けて小さくなるまで吸ってくれる。喉もそして乾いた唇も暫し潤う。でもあるとき、小さくなった氷がするりと桃ちゃんの口内に落ちてしまい、パピーはあわて指を差し入れ氷を掻き出したこともあったが。

〔8月6日〕

パピーは思った、今がパピーにとって幸せのピークなのかも知れないと。だって桃ちゃんはここからいなくなってしまうのに、今だからこそ桃子はここにいるのだから。

〔8月10日〕

桃子は息を引き取った。

夜中の3時頃からだっただろうか、息が通るたびに喉が大きく鳴り、呼吸の間隔もだんだん長くなってきた。時どき息が止まったようになりパピーもママも不安で締め付けられる。5時ごろ先生に来ていただくと、お兄さんも呼んだ方が言いでしょうと。先生に何度か吸引してもらい奥から痰を吸い出してもらう。6時にお兄ちゃんの雄一が来た。

いったん先生に帰ってもらったが、やはり様子がおかしい。10時に再び先生に来ていただく。看護婦さんがあわただしく動く。先生が桃子の指先に小さな器具を付ける、脈をとる、そして小さな時間のあと、瞳孔を見てから腕の時計を見、ただいま10時15分、ご臨終です、と。

お兄ちゃんが口の中で「桃子！」と言って顔をゆがめる。ママはさっきから涙で目を腫らしている。パピーは受け容れられないまま、でも涙は流れていた。そして3人はひとりずつ、まだ暖かい桃ちゃんのおでこに手をのせ、しばらく触れていた。

ママが言った、よくがんばったわね、桃ちゃん。

了わった。私はパピーに手伝ってもらい、桃子との最期の1年を過ごさせてもらった。パピー、桃ちゃん、ありがとう。手帳を辿るのはここまでにしたい。

私は週3回、病院が終わったあと少し遠回りだが気に入ったコースで会社に向かう。それは桃子が生まれて3歳までそこで育った高田馬場の中心地を通り抜ける早稲田通りを走るため。

高田馬場時代は自分で言うのも憚るが、三つ歳上の雄一も可愛さの盛りで、若いママとの4人は、ほかの家族がそうであるのと同様、〈きれいな〉も〈こころの〉の形容詞が必要ない、まさに事態そのものが決めている聖家族だった。

その早稲田通りへ向かう少し前、新宿駅の西口にある小田急ハルク前の横断歩道を通過するとき、私は必ず、左右で信号待ちしている歩行者の中から、ある一人の人を捜している。その人はもしかすると今日いるのではないか。現れてくれ！　と祈りながら。

「今日びっくりしちゃった。だってあたしが信号待ちをしてたら目の前をパピーの車が通っていったんだもん」

もう何年前になるだろう、帰宅した私に桃子がそんなことを言ったことがあった。私のそばに桃ちゃんはいる。今も桃子がいるから私は在る。車に乗っていても、道を歩いていても、トイレの中でさえ、私は桃子とお話している。

私は毎朝仏壇の中から桃子のお位牌を取り出し手のひらに乗せ、上から10ミリあたりに見当をつけ、左右の小鼻擦りをしてあげる。そのあと、戒名連記で隣りにいる私の父と母のお位牌を桃子のお位牌にぴたりと合わせ寄せ、おじいちゃんおばあちゃん桃子よろしく、とお願いする。

桃子はどこにも行っていない。

著者略歴

藤野 昭雄（ふじの　あきお）

1944年　福岡県生れ

1968年　早稲田大学第１文学部独文科卒

1969年　朝日出版社入社

2018年まで　同社第１編集部第２外国語部門担当

相聞唄♥私の人称変化

二〇一八年十二月三十一日　初版第一刷発行

著　者　藤野昭雄

発行者　原　雅久

発行所　株式会社 朝日出版社

〒一〇一-〇〇六五　東京都千代田区西神田三-三-五

ＴＥＬ　〇三-三二六三-三三二一

ＦＡＸ　〇三-五二二六-九五九九

印刷・製本　協友印刷株式会社

ISBN978-4-255-01094-6 C0095